Sebastian Lehmann

SEBASTIAN

SEBASTIAN
LEHMANN

SEBASTIAN

ODER: DAS LEBEN IST NUR EIN SCHLUCK AUS DER FLASCHE DER GESCHICHTE

EIN BUCH

SATYR
VERLAG

2., durchgesehene und erweiterte Auflage März 2013

Nachdruck im Satyr Verlag Volker Surmann, Berlin
www.satyr-verlag.de

Lektorat: Volker Surmann
Cover: Endai Hüdl

Druck und Bindung: CPI Moravia, Pohorelice
Printed in Czech Republic

Die Deutsche Nationalbibliothek verzeichnet diese Publikation in der Deutschen Nationalbibliografie; detaillierte bibliografische Daten sind im Internet abrufbar über: http://dnb.d-nb.de

ISBN: 978-3-944035-10-9

Für Annika

»Sleep around the clock«
Belle & Sebastian

»Wer saufen kann, kann auch ausschlafen
Und den Tag in die Matratze drücken
Bis ihm das Kissen an der Backe klebt.«
PeterLicht

1
DAS ENDE

Alles geht zu Ende. Jetzt auch schon die Nacht. Ich öffne widerwillig die Augen und blicke zum Fenster. Draußen ist es dunkel. Einen kurzen Moment muss ich überlegen, ob die Sonne gleich aufgehen wird oder ob sie schon wieder untergegangen ist. Aber nur einen ganz kurzen Moment. Schließlich wache ich nur äußerst selten so früh auf, dass die Sonne noch nicht aufgegangen ist. Eigentlich nie. Aber jetzt ist sie schon wieder untergegangen. Der Tag ist zu Ende, bevor er überhaupt angefangen hat. Es geht wirklich alles zu Ende.

Und in einer Woche werde ich auch noch Ende zwanzig, denke ich, stehe schwerfällig auf und schlurfe ins Bad. Das hört sich eigentlich nicht so alt an. Ende zwanzig. »I'm still young«, sage ich zu meinem Spiegelbild im Badezimmerspiegel. Keine Ahnung, warum ich mit mir selbst englisch rede.

Es geht gerade ziemlich viel zu Ende in meinem Leben, da kann man schon mal nervös werden und den ganzen Tag schlafen, denke ich, während ich in die Küche trotte und Kaffee mache. Zu Ende geht zum Beispiel auch mein Mietvertrag. Hat gestern mein Vermieter Herr Schmidt gesagt. Er will aus meiner Wohnung ein Carloft machen, damit er auf seinen Porsche schauen kann, wenn er abends seinen astronomischen Kontostand auswendig lernt. Bis zum Ende des Jahres muss ich raus aus Kreuzberg.

Apropos raus. Bevor der Tag ganz zu Ende ist, sollte ich schnell mal noch rausgehen und erst mal Bier holen, gegenüber beim Spätkauf. Auf dem Weg dorthin begegne ich einem Reporter von VOX, der gerade eine dieser Berlin-Partyhauptstadt-Reportagen dreht. Er baut sich vor mir auf und hält mir ein mit Fell überzogenes Mikrofon unter die Nase.

Reporter: »Wo wohnen Sie?«

Ich: »Am unteren Ende der Wrangelstraße.«

Reporter: »Aha, und wie lange noch?«

Ich: »Bis Ende des Jahres.«

Reporter: »Und wie alt sind Sie?«

Ich: »Ende zwanzig.«

Reporter: »Was arbeiten Sie?«

Ich: »Gerade am Ende mit meinem Studium.«

Reporter: »Was wollen Sie jetzt tun? Hartz IV?«

Ich: »Das habe ich noch nicht zu Ende gedacht.«

Reporter: »Was sagen Ihre Eltern dazu?«

Ich: »Ende der Geldzufuhr.«

Reporter: »Haben Sie eine Freundin, die vielleicht Ihre Brüste im Fernsehen zeigen möchte?«

Ich: »Hier ist unser Interview zu Ende.«

Im Spätkauf kaufe ich ein paar Flaschen Beck's Green Lemon und gehe zu meinem Freund Sebastian. Das mit dem gleichen Namen ist kein besonderer Zufall. Sebastian ist fast so alt wie ich, und als wir geboren wurden, Anfang der 80er Jahre, war Sebastian eigentlich immer in der Top Drei der beliebtesten Namen. Meine Eltern waren anscheinend ziemlich unkreativ, was die Namenwahl anging. Aber eigentlich ist Sebastian gar nicht so schlecht, wäre ich in den 90ern geboren, würde ich wahrscheinlich Kevin heißen. Und wenn ich in den sogenannten 00ern geboren wäre, hätte ich einen seltsamen altdeutschen Namen wie Tristan oder so. I'll stay with Sebastian, denke ich seltsamerweise auf englisch.

Sebastian wohnt nicht weit weg von mir in Treptow. Um dahin zu kommen, muss ich durch den Görlitzer Park laufen, der eigentlich kein Park ist, sondern eine Rasenfläche, die jeden Sommer zu einer

Wüste mutiert. Sebastian ist in einer ähnlichen Situation wie ich, seine Zwanziger neigen sich ebenfalls gefährlich dem Ende zu, beide sollten wir eigentlich demnächst mal erwachsen werden. Oder zumindest Erwachsenendarsteller. But we're still young, denke ich auf englisch. »Damn«, rufe ich. Scheiße, schon wieder.

Aber trotzdem muss man das bald mal, erwachsen werden, denke ich, während ich mit den klirrenden Bieren in der Plastiktüte zu Sebastian durch den Park laufe, das kann ja nicht ewig alles so weitergehen. Warum also nicht ein Haus an einem Brandenburger See mit Familie und so? Mit Verantwortung und so. Mit Geld und so. Mit Auto und so. Mit Beruf und so. Mit Erwachsen und so. Wie alle normalen Menschen eben, weit weg in der alten BRD.

Als ich dann bei Sebastian am anderen Ende des Görlitzer Parks angekommen bin, öffnen wir erst mal jeder ein Bier und nehmen einen kräftigen Schluck. Aber es ist ja gar kein richtiges Bier, sondern nur Beck's Green Lemon.

»Wir sind die Generation Beck's Green Lemon«, sagt Sebastian. »Eigentlich gibt es nichts mehr, was uns verbindet, aber ständig erfindet jemand einen neuen Namen für unsere Generation. Wie bei diesen Mischbieren. Die heißen zwar auch immer noch Bier, aber da ist ja schon lange keins mehr drin. Oder was meinst du, Herr Lehmann?«

»Nenn mich nicht so«, sage ich, »da gibt's schon ein anderes Buch, in dem die Hauptfigur so heißt.«

»Aber wenn ich dich Sebastian nenne, verwechsle ich dich immer mit mir«, sagt Sebastian.

»Hab das Buch übrigens auch noch nicht zu Ende gelesen«, sage ich.

»Ich auch nicht«, sagt Sebastian. »Wir machen nie was zu Ende.«

»Das kann doch so nicht weitergehen«, rufe ich zu laut. »Was soll nur jemals aus uns werden?«

»Du wirst wunderlich«, sagt Sebastian.

2
WUNDERLICH

»Zählst du eigentlich auch die Haare im Waschbecken, die dir beim Fönen ausgefallen sind?«, frage ich Sebastian. »Bei mir sind das immer so sechs bis acht pro Tag.«

Sebastian schaut mich lange an und sagt nichts. Wir sitzen in einem Mutter-Kind-Café am Lausitzer Platz und beobachten die Kinder auf dem gegenüberliegenden Spielplatz, wie sie sich mit Schlamm einreiben und mit Kastanien bewerfen. Bis einer heult.

Das Mutter-Kind-Café müsste politisch korrekt natürlich Eltern-Kind-Café heißen, aber offiziell ist es ohnehin gar kein Mutter-Kind-Café, sondern ein ganz normales Café. Am Sonntagnachmittag sitzen allerdings ausschließlich Mütter an den Tischen vor und im Café und schauen ihren Kindern auf dem Spielplatz beim Schlammeinreiben und Heulen zu.

»Außerdem hänge ich meine Wäsche nach Farben sortiert auf dem Wäscheständer auf. Überhaupt, ich wasche farbensortiert«, sage ich. »Du doch bestimmt auch, oder?«

Sebastian kratzt sich am Kopf. Da kommt ein Hund und schnüffelt an meinem Schuh rum. Hier gibt es fast ebenso viele Hunde wie Kinder. Da scheint es irgendeine Verbindung zu geben, leider weiß ich nicht, welche. Ich sage: »Na, du lieber, kleiner Racker« und versuche, den Hund zu streicheln. Er schnappt aber nach meiner Hand und ist gar nicht klein und lieb.

»Sebastian«, sagt Sebastian, als der Hund wieder weg ist, »ich glaube, du wirst wirklich wunderlich.«

»Jetzt hör mal auf!«, rufe ich. Die Mütter im Café werfen uns böse Blicke zu, obwohl ihre Kinder viel lauter schreien als ich.

»Nur weil ich zum Beispiel Gäste bei mir in der Wohnung dazu zwinge, sofort ihre Schuhe auszuziehen, weil ich Angst habe, sie machen damit die weiße Badematte dreckig, bin ich gleich wunderlich oder was?«

Sebastian wiegt seinen Kopf hin und her und überlegt lange, bis er endlich sagt: »Ja.«

»Aha«, rufe ich noch lauter, die blöden Mütter sind mir jetzt egal. »Wahrscheinlich findest du es auch wunderlich, dass ich nur noch Bioprodukte im Biosupermarkt einkaufe? Und dass ich früher, als ich mir am Anfang der Woche dreißig Cheeseburger bei McDonald's gekauft und mir jeden Tag fünf davon in der Mikrowelle aufgewärmt habe, noch nicht so wunderlich war wie jetzt?«

Sebastian blickt lange nachdenklich gen Himmel und sagt dann: »Ja.«

»Als wäre ich der Einzige!«, rufe ich, mich in meine Wut immer mehr hineinsteigernd. »Denk doch zum Beispiel mal an unsere alten Schulfreunde in der BRD. Die arbeiten jetzt alle. Das ist wunderlich. Die arbeiten sogar als Festangestellte. Bei der Deutschen Bank. Als Senior Creative Assistant Corporate Identity Director. Mit eigener Limousine und persönlicher Prostituierten. Oder denk an meine Freundin. Immer wenn ich mit ihr an einem Schmuckladen vorbeigehe, schauen wir uns die schönen Ringe an. Dann reden wir von den schönen Ringen. Und neulich standen wir auch noch zufällig vor einem Geschäft mit Brautmoden ...« Ich stocke.

Sebastian blickt mich belustigt an.

»Vielleicht hast du doch recht«, sage ich leise und nehme einen Schluck von meinem Apfel-Mango-Sellerie-Smoothie. »Vielleicht werde ich wunderlich.«

In diesem Moment kommt die hübsche Kellnerin mit meinem Essen. Sebastian zwinkert ihr zu, und sie lächelt zurück. Immer das Gleiche.

Ich habe mir eine Ingwer-Karotten-Limonen-Basilikum-Suppe bestellt. Ich blicke die Suppe lange an.

»What a shame«, sage ich. »Ich esse wirklich kein richtiges Essen mehr.«

»Du wirst wunderlich«, sagt Sebastian.

»Aber noch schlimmer als die Ingwer-Mango-Fenchel-Anis-Limetten-Suppe ist, dass ich über Kinder nachdenke«, sage ich.

»Du wirst wunderlich«, sagt Sebastian.

»Natürlich nur rein hypothetisch«, fahre ich fort und zeige auf den Spielplatz gegenüber. »Ich beobachte diese ganzen Eltern hier auf dem Spielplatz, die mit verzücktem Gesicht ihre lärmenden Kinder anhimmeln und denke: In fünf Jahren stehe ich da auch. Früher hätte ich gedacht, ich werde mein Leben nie so verpfuschen wie diese peinlichen Idioten-Eltern in ihren blauen North-Face-Jacken. Heute denke ich: Vielleicht macht das alles doch Sinn, vielleicht habe ich irgendwann eine Familie mit so Kindern, und dann feiern wir Weihnachten unter einem großen, leuchtenden Weihnachtsbaum. Danach streitet sich mein dreijähriger Sohn mit mir, weil er nicht die neue Playstation bekommen hat, sondern den kompletten Backkatalog von *Oasis*. Auf Vinyl. Und meine Frau und ich haben nur noch alle drei Monate Sex, weil die Arbeit so anstrengend ist und die Kinder noch nicht durchschlafen. An so was denke ich, wenn ich an einem Spielplatz vorbeilaufe.«

»Du wirst wunderlich«, sagt Sebastian.

Ich beobachte ein Kind, wie es gerade in den Sandkasten kotzt und der Vater die eklige Kotze wegwischt. Mit der bloßen Hand. Ich schaue in das Gesicht des Vaters, er schaut die Kotze fast liebevoll an und er sieht mir sogar ein bisschen ähnlich, nur seine Jacke ist hässlicher. Ich bekomme Angst und will den Hund streicheln, der, seit mein Essen auf dem Tisch steht, vor mir Männchen macht und um etwas Aloe-vera-Ingwer-Tomaten-Basilikum-Suppe bettelt. Aber er schnappt sofort nach meiner Hand.

»Und du findest Kate Nash niedlich«, sagt Sebastian, ohne den

Hund weiter zu beachten. »Früher hättest du noch Drogen-Amy-Winehouse niedlich gefunden, aber heute nur diese brave, schnuckelige Kate Nash.«

»Ich werde wunderlich«, rufe ich und springe auf, dabei schwappt meine Ingwer-Mango-Fenchel-Kürbis-Ayuveda-Suppe über. »Überhaupt habe ich früher nur Schranz-Techno und Death Metal gehört, und ich hatte drei Piercings: Eins in der Nase, eins in der Zunge und die Nachwirkungen vom dritten machen mir heute noch zu schaffen, wenn ich aufs Klo gehe.«

»Krass«, sagt Sebastian und steht auch auf, »das wusste ich ja gar nicht.«

»Okay«, sage ich, »das war jetzt etwas übertrieben, aber es geht doch um das Bild.«

Sebastian nickt heftig zustimmend und wir verabschieden uns. Als ich zu Hause bin, lege ich erst mal das Kate-Nash-Album auf und schaue eine halbe Stunde verliebt das Cover an. Später sehe ich mir im Fernsehen *Tiere suchen ein neues Zuhause* an mit ganz vielen süßen Katzen und Hunden, dabei haben wir Samstagabend und die besten Partys überall. Aber ich fühle mich heute nicht nach Betrinken. Ich habe keine Lust auf Bier. Höchstens auf ein gepflegtes Glas Rotwein. Ein gepflegtes Glas Rotwein, ich kann gar nicht glauben, dass ich so etwas auch nur denke. Außerdem bin ich müde. Es ist ja auch schon halb neun. Früher bin ich abends erst um halb neun aufgestanden, weil ich die ganze Nacht in irgendwelchen Clubs besoffen auf den Boxen getanzt hatte. Und als ich dann aufgestanden bin um halb neun, habe ich erst mal ein Konter-Bier aufgemacht, denn um zwölf ging's ja schon wieder in den nächsten Techno-Club. Heute sitze ich auf meiner Couch, gähne, schaue mir eine Katzen-Entbindung im Fernsehen an und trinke gepflegt ein Glas Rotwein. I'm getting wondrous. Ich wusste gar nicht, dass ich diese Vokabel überhaupt kenne. Wohin dieses Englisch-Denken noch führt. Ich werde wunderlich.

Ich renne raus auf die Wrangelstraße und wieder zum Lausitzer

Platz. Vor dem Spielplatz laufe ich auf und ab und sage vor mich hin: »Ich werde wunderlich. Ich werde wunderlich.« Da kommt ein Vater, der gerade noch mit seinem süßen Kind Sandburgen gebaut hat, auf mich zu und lächelt mich an. Er trägt eine blaue North-Face-Jacke und eine Halbglatze.

»Auch ich dachte einmal, dass ich wunderlich werde«, sagt der Vater zu mir. »Aber das stimmte nicht. Und auch du wirst nicht wunderlich werden.«

»Doch!«, rufe ich. »Ich zähle meine ausgefallenen Haare im Waschbecken und denke über Kinder nach.«

Der Vater streicht mir väterlich über den Kopf, während ich traurig zu Boden sinke.

»Mein Sohn«, sagt er mit fester und vertraueneinflößender Stimme, »das passiert allen Männern in deinem Alter. Du wirst nicht wunderlich«, er hält inne und lächelt mich aufmunternd an, »du wirst erwachsen.«

Ich blicke ihn mit großen Augen an. »Es ist okay, mach dir keine Sorgen, alles wird gut«, sagt der Vater. »Du wirst glücklich werden. Alle Erwachsenen sind glücklich.«

Er nimmt mich bei der Hand und wir gehen auf den Spielplatz, wo viele süße, kleine Kinder rumtollen und silbrige Rutschen runterrutschen. Dahinter versinkt die Sonne blutrot am lila Abendhimmel.

Der Vater breitet seine starken Arme aus, zeigt auf den ganzen Spielplatz und ruft: »Erwachsensein bedeutet Verantwortung. Verantwortung für all das hier. Und Verantwortung ist etwas Schönes.« Er blickt wieder zu mir. In seinen Augen kann ich Tränen erkennen. »Nun gehe nach Hause, lege dich hin und schlafe, das war heute vielleicht etwas zu viel für dich.«

Ich mache mich auf den Weg zurück zu meiner Wohnung, begegne wieder einem Hund, streichle ihn, und er wedelt zufrieden mit dem Schwanz.

Zu Hause lege ich mich in mein Bett und schlafe sofort ein.

3

WAS SOLL NUR JEMALS AUS UNS WERDEN?

Am unteren Ende der Wrangelstraße gibt es keine Bäume. Und wenn, dann haben sie keine Blätter, auch im Sommer nicht. Aber es gibt zum Glück den Görlitzer Park gerade um die Ecke. Im Görlitzer Park gibt es zwar auch keine Bäume, dafür aber eine Wüste, auf der sich alle paar Meter schwarze Aschehäufchen von unzähligen Grillgelagen abzeichnen. Der Park liegt den ganzen Sommer lang unter einer dichten Grillrauchwolke.

Sebastian und ich grillen nicht, wir sind hier, weil wir bei ein paar Beck's Green Lemon und einem guten Buch die Natur genießen wollen. Leider finden wir aber nicht so richtig Ruhe. Denn immer, wenn wir eine neue Flasche Beck's Green Lemon aufmachen, kommt sofort ein Flaschensammler auf uns zugestürmt, entreißt uns die Beck's-Green-Lemon-Flasche, schüttet sie aus und türmt sie auf seinem komplett mit Beck's-Green-Lemon-Flaschen gefüllten Einkaufswagen drauf. Innerhalb von zehn Minuten haben wir beide auf diese Weise ein Sixpack Beck's Green Lemon getrunken.

Neben uns versucht seit ungefähr zwei Stunden eine Gruppe hipper Mädchen in abgeschnittenen Jeansshorts, einen Einweg-Grill von der Tankstelle anzuheizen. Die Kohle im Einweg-Grill, der vollkommen aus Plastik besteht, beginnt aber nicht zu glühen, sondern zerfällt einfach so zu Asche. Wahrscheinlich ist die Kohle auch nur aus Plastik. Wir warten schon die ganze Zeit, dass uns die hippen Mädchen um Hilfe bitten, aber anscheinend sehen wir nicht wie patente Grill-Männer aus. Vielleicht lesen wir die falschen Bücher.

Oder es ist überhaupt falsch, Bücher zu lesen, wenn man für einen patenten Grill-Mann gehalten werden will.

»Schau mal«, sagt Sebastian und deutet auf unsere anderen Parknachbarn, eine etwa hundertköpfige türkische Großfamilie, die neben uns grillt. Wobei Grillen hier eher eine Untertreibung ist. Inmitten eines quadratkilometergroßen Lagers, das mit einem Zelt überspannt ist und in dem edle Perserteppiche den Wüstenboden bedecken, steht ein riesiger, aus Stein gebauter Ofen-Grill, um den herum etwa vierzig Männer auf gepolsterten Liegestühlen Wasserpfeife rauchen. Hin und wieder stehen sie auf und wenden die drei kompletten Rinder, die sie gerade auf einem langen Spieß über dem Grill aufgehängt haben. Die Frauen dagegen beschmieren unzählige Fladenbrote mit wohlriechenden Pasten und bereiten einen badewannengroßen Topf Couscous vor. Uns läuft das Wasser im Mund zusammen.

Plötzlich wird die Sicht auf die Großfamilie von drei konkurrierenden Gitarrenspielern verstellt. Alle drei singen Bob Marleys »No Woman No Cry«, aber jeder hat an einer anderen Stelle eingesetzt, und da sie offensichtlich um die Aufmerksamkeit aller Parkgriller buhlen, singen sie sehr laut.

»Wenn jetzt auch noch eine dreißigköpfige Trommlergruppe um die Ecke gebogen kommt!«, ruft Sebastian genervt aus.

In diesem Moment kommt eine vierzigköpfige Trommlergruppe um die Ecke gebogen und setzt sich genau neben uns. Der Anführer, der auch noch ständig in eine Trillerpfeife pfeift, zwinkert uns zu, dann beginnt das Inferno. Im gleichen Moment stürzen fünf Flaschensammler gleichzeitig auf uns zu und entreißen uns auch noch die Decken, auf denen wir liegen. Sebastian und ich schauen uns verwundert an, bis Sebastian mir ins Ohr schreit, es reiche ihm jetzt, er gehe nach Hause, neues Beck's Green Lemon holen, aber fülle vorher noch alles in eine Thermosflasche um. Er springt auf und rennt Richtung Treptow. Apathisch bleibe ich sitzen, irgendwann hört das Trommelinferno auf, und ich blicke mich um.

Vor mir steht ein kleiner Junge und schaut mich stumm an. Das geht so ein paar Minuten. Seltsamerweise haben Kinder noch keine Mimik, denke ich. Sie schauen immer gleich. Außer sie lachen oder weinen. Vielleicht ist das aber auch nur eine bösartige Unterstellung von mir.

»Musst du nicht arbeiten?«, fragt der Junge schließlich.

»Ich arbeite«, rufe ich empört und deute auf das Buch in meiner Hand. »Geistesarbeiter«, sage ich stolz.

Der Junge schaut das Buch an und liest langsam vor: »Bis(s) zum Morgengrauen« von Stephenie Meyer. Kein Wunder, dass dich kein hippes Mädchen anspricht, sondern nur ich«, sagt der Junge.

Scheiße, der Junge kann schon lesen. Immer unterschätze ich meine Mitmenschen.

»Man muss auch mal bei etwas einfacher Unterhaltung abschalten können«, sage ich zu dem Jungen. »Schließlich kann man nicht den ganzen Tag arbeiten.«

»Ich werde später den ganzen Tag arbeiten«, sagt der Junge. »Ich will kein Langzeitstudent werden wie du.«

»Woher weißt du denn, dass ich Langzeitstudent bin?«, frage ich empört.

»Es ist Montagnachmittag, und du arbeitest nicht«, sagt der Junge.

»Ich lerne nicht für die Uni, sondern fürs Leben«, sage ich. Das hätte ich damals in der Schule nicht gedacht, dass ich diesen Lehrerspruch-Evergreen jemals selber benutzen würde.

»Du studierst doch nur so lange, weil du Angst hast, Verantwortung zu übernehmen«, sagt der Junge.

»Klar, natürlich«, rufe ich in genervtem Tonfall, weil mir nichts Schlagfertiges einfällt. Wenn so etwas, wie gerade vor mir steht, dabei herauskommt, dann will ich lieber verantwortungsvoll keine Kinder in die Welt setzen.

»Was willst du denn mal werden, wenn du groß bist?«, frage ich den Jungen, um von meiner Lebensmisere abzulenken, die er nach nur fünf Minuten schon durchschaut hat.

»Chef«, sagt der Junge.

»Aber von was?«, frage ich.
»Egal«, sagt der Junge.
»Also auch Chef der SS?«, bohre ich weiter.
»Totschlagargument«, sagt der Junge.
»Willst du nicht vielleicht Lokomotivführer, Feuerwehrmann oder Polizist werden?«, frage ich.
»Oberhauptkommissar«, sagt der Junge.
»Was?«
»Na, Chef von der Polizei«, sagt der Junge.
»Also ich wollte früher Entwicklungshelfer, Biobauer oder Kämpfer in der Großstadtguerilla werden«, sage ich.
»Du lügst doch«, sagt der Junge.
»Okay, ich wollte Polizist werden, aber höchstens Verkehrspolizist an einer ausgefallenen Ampel«, sage ich und fühle mich jetzt sogar dem Jungen unterlegen. Was soll nur jemals aus mir werden?
»Was soll nur jemals aus dir werden?«, sagt der Junge.
»Moment, Junge«, rufe ich, »das Gleiche könnte ich von dir sagen: Dein einziges Ziel scheint zu sein, dich an die Spitze der Leistungsgesellschaft zu drängen. Kann es ein Ziel sein, andere zu befehligen, auszubeuten? Es gibt so viele andere Berufe, die sich zu erlernen lohnen, zum Beispiel Lakritz-Tester in Finnland. Du könntest neue Lakritz-Sorten testen, ob sie zu hart sind und man sich dabei die Zähne ausbeißt.«
Plötzlich kommt ein Flaschensammler auf uns zugestürzt und reißt den Jungen weg, legt ihn in seinen Einkaufswagen und fährt schnell mit ihm weg. Zehn Minuten später ist Sebastian mit dem Beck's Green Lemon in der Thermosflasche zurück.
»Sebastian«, rufe ich verzweifelt, »was soll nur jemals aus uns werden?«
»Was ist denn schon wieder los mit dir?«, fragt Sebastian.
»Vielleicht sollten wir arbeiten. Ich meine, so richtig«, sage ich.
»Okay«, sagt Sebastian und nimmt einen kräftigen Schluck aus der Thermosflasche, »aber nicht heute. Morgen.«

»Ja, morgen«, sage ich und trinke auch aus der Thermosflasche. Aber das Beck's Green Lemon schmeckt nicht gut, es schmeckt wie Tee.

4
DER GEBURTSTAG

Habe ich schon gesagt, dass früher alles besser war? Eigentlich braucht man das gar nicht mehr zu begründen. Das weiß jeder, da muss nichts bewiesen werden. Früher habe ich zum Beispiel nicht nur wacklige, kleine YouTube-Fenster auf dem Laptop angeschaut, sondern es gab ein richtiges Fernsehprogramm, das ich auch angucken konnte, ohne ständig wegzuklicken. Gab ohnehin nur drei Programme. Und später dann vielleicht neun. Viel zu klicken hatten wir ja früher nicht.

Früher kam zum Beispiel noch *Lass dich überraschen* mit Rudi Carrell im Fernsehen oder *Die Mini Playback Show* oder *Das A-Team.* Heute kommt nur noch *Familien im Brennpunkt, Achtung Kontrolle! Einsatz für die Ordnungshüter* oder *CSI: Las Vegas* oder *CSI: New York* oder *CSI: Miami* oder *CSI: Los Angeles* oder *CSI: Frankfurt/Oder.*

Früher gab es auch noch Musikkassetten. Oder »Tapes«, wie der Liebhaber zu sagen pflegte. Früher konnten sensible, musikbegeisterte Jungs wie ich die Mädchen noch mit ihrer Musik von sich überzeugen, aber seit iTunes und iPod ist das nicht mehr so einfach. Wenn ich mich mit meiner ersten Freundin, damals in den 90ern, gestritten habe, dann nahm ich ihr einfach ein Mix-Tape auf, mit empfindsamen und traurigen Liedern über Liebe und Einsamkeit. Und zu »Picture Postcards from L.A.« sanken wir uns sogleich versöhnt in die Teeniearme. Später konnte man die Indie-Mädchen immerhin noch gut mit selbstgebrannten CDs rumkriegen. Heute ist das auch vorbei, jetzt heißt es nur noch: »Ich synchronisiere mal meinen iPod mit deinem.«

Oder: »Ich schick dir mal einen Rapidshare-Link auf Facebook.«

Oder: »Ich leih dir mal meine Festplatte aus, da sind 48,75 GB Musik drauf, das entspricht 35 Tagen, 11 Stunden, 43 Minuten und 21 Sekunden Nonstop-Music, geil, oder?«

Ich wollte mir ja jetzt eigentlich eine anspruchsvolle amerikanische Serie im Internet anschauen, weil im Fernsehen nichts mehr läuft. Zum Beispiel *Raumschiff Enterprise – The Next Generation.* Aber da früher alles besser war, schaue ich *Raumschiff Enterprise* immer genau um 15 Uhr auf illegalen Seiten im Internet an, weil das früher auch immer montags bis freitags um 15 Uhr auf SAT.1 kam. Immer nach zwanzig Minuten mache ich fünf Minuten Pause und schaue mir Werbespots auf YouTube an. Und zwar historische, die auch damals in den 90ern kamen. Mein Lieblingswerbspot ist immer noch »*Raider heißt jetzt Twix*«.

Ich sitze also gemütlich vor meinem Computer, Captain Picard wird gerade in einen Borg verwandelt, es ist sehr spannend, dann kommt plötzlich Werbung. Auf YouTube. Ich gehe aufs Klo, hole mir Chips aus der Küche, dann geht es auch schon weiter. Da klingelt das Telefon. Das sind bestimmt meine Eltern, denke ich, um mir zum Geburtstag zu gratulieren. Ich habe ja heute Geburtstag, das hatte ich ganz vergessen. Ich werde Ende zwanzig, da vergisst man schnell mal was. Da klingelt es auch noch an der Tür und ich höre Stimmen im Treppenhaus, o nein, meine Freunde kommen, um eine Überraschungsparty bei mir in der Wohnung zu schmeißen. Aber ich würde so gern *Raumschiff Enterprise* weitergucken. Da habe ich eine Idee: Ich nehme den Rest der Folge einfach auf. Ich stelle also meine Digitalkamera vor meinen Computerbildschirm und nehme die Folge auf.

Schon stürmen meine Freunde die Wohnung. Auch Geburtstage waren früher viel besser, da konnte man Topfschlagen spielen oder eine Schnitzeljagd durch die Stadt machen. Und weil ich

Geburtstag hatte, haben mich alle immer gewinnen lassen. Und wenn nicht, dann hat mein Vater einfach den Topf näher an mich rangestellt, damit ich ihn am schnellsten finde, oder die Punkte der Schnitzeljagd zu meinen Gunsten falsch zusammengezählt. Außerdem war es ziemlich cool, älter zu werden. Das hat dann schlagartig beim achtzehnten Geburtstag aufgehört. Ab achtzehn konnte es eigentlich nur noch bergab gehen. Bis zur Volljährigkeit hatte ich eigentlich alles im Leben erreicht, was ich je gewollt hatte: Ich hatte meinen ersten Vollrausch gehabt, ich hatte Sex gehabt (jedenfalls in Ansätzen), und ich hatte achtzehnmal hintereinander bei meiner Geburtstagsfeier die Schnitzeljagd gewonnen.

Im Prinzip habe ich in den elf Jahren seitdem nichts mehr erreicht: Ich hatte weitere Vollräusche und ich hatte weiter Sex (in Ansätzen), aber bei einer Schnitzeljagd habe ich nie mehr gewonnen. Gut, ich habe auch bei keiner mehr mitgemacht, aber ist das nicht noch viel frustrierender?

Statt Topfschlagen spielen wir jetzt so ein komisches Saufspiel. Ich verliere natürlich immer. »Ach, früher war alles besser«, rufe ich schon völlig betrunken.

»Da hat dein Vater auch noch für dich betrogen«, rufen die Freunde zurück.

»Ihr wusstet das?«, frage ich entgeistert. »Und habt in all den Jahren nie ein Wort gesagt?«

»Wir wollten, dass du deine schreckliche Kindheit in guter Erinnerung behältst«, sagen die Freunde und trinken meinen teuren Whisky leer.

»Das ist aber rührend«, rufe ich. »Lasst uns doch jetzt Topfschlagen spielen.«

»Au ja«, rufen die besoffenen Freunde und zerschlagen meine Küchen-Einrichtung mit Kochlöffeln und Töpfen.

Später in der Nacht, als alle weg sind, will ich endlich die Folge *Raumschiff Enterprise* fertig schauen, aber einer der Gäste hat die

Enterprise weggeklickt und sich stattdessen YouTube-Clips von einem Hare-Krishna-Guru-Treffen in Köln-Kalk angeschaut.

Enttäuscht lege ich mich ins Bett und muss daran denken, wie ich früher als Kind mit meinen Eltern im Auto mitgefahren bin. Ich saß auf der Rückbank, wir fuhren spätabends durch regnerische, dunkle Landschaften von irgendeinem Verwandtengeburtstag nach Hause, und ich konnte aus dem Fenster blicken, entgegenkommende Autos zählen und in Traumwelten eintauchen, ohne auf den Weg zu achten. Das Radio spielte leise »Picture Postcards from L.A.«, während andere Autos scheinbar langsam an uns vorüberglitten. Ich fühlte mich so sicher, da hinten im alten VW-Passat meiner Eltern. Die Hand meines Vaters ruhte auf dem Lenkrad, dazu das monotone Schrappen des Scheibenwischers, das Ticken des Blinkers. Und der Geruch. Noch heute beruhigt mich dieser Geruch in alten Autos, das Plastik, die Polster, das abgeschabte Leder. Ich würde gerne wieder da hinten sitzen, aus dem Fenster schauen und die entgegenkommenden Autos zählen.

Aber heute muss ich selber fahren.

5
DIE ELTERN

Heute fahre ich zwar selbst, aber es ist immer noch das Auto meiner Eltern. Allerdings gibt es jetzt gewisse Hilfsmittel. Aber erst mal zu meinen Eltern: Meine Eltern wohnen in Freiburg. Schon immer. Ich selbst bin auch in Freiburg geboren, denn wie alle echten Berliner komme ich natürlich nicht aus Berlin, sondern aus der BRD. Meine Eltern sind schon, na ja, nicht mehr die Jüngsten. Kein Wunder, sie sind ja meine Eltern. Ich bin auch nicht mehr der Jüngste. So alt wie meine Eltern bin ich natürlich nicht. Das wäre seltsam. Auch sind meine Eltern noch nicht richtig alt, mein Vater kennt immerhin noch Marilyn Monroe aus dem Kino. Mein Vater kennt überhaupt noch Marilyn Monroe. Und er kennt nicht Marilyn Manson. Kurz gesagt: Meine Eltern hatten es noch gut.

In letzter Zeit entfremde ich mich allerdings zusehends von meinen Eltern. Viele Dinge, über die meine Eltern sprechen, verstehe ich nicht mehr. Besonders meine Mutter ist mir fremd geworden. In ihrem Leben gibt es nur noch Handys, Laptops, Flachbildschirmfernseher und sonstigen elektronischen Hightech-Scheiß, den sie im schon hoffnungslos überfüllten Wohnzimmer lagert. Ich verliere langsam den Anschluss. Andere Mütter kaufen sich einen Hund, wenn die Kinder ausgezogen sind, meine Mutter hat sich ein iPhone gekauft. Die Rollen haben sich umgekehrt. Wenn ich sage: »Früher war alles besser«, sagen meine Eltern: »Nein, lieber Sohn, alles wird immer besser«. Vielleicht finden sie die Vergangenheit aber auch nur nicht gut, weil die bei ihnen schon so lange her ist.

Das schlimmste moderne Hightech-Gerät, das sie sich je gekauft haben, ist aber ein Navigationssystem fürs Auto. Seitdem ist es unmöglich, mit meinen Eltern im Auto mitzufahren. Sie stellen das Ding nämlich immer an, auch wenn sie eine Strecke fahren, die sie schon seit fünfzig Jahren kennen. Meine Mutter will meinem Vater beweisen, dass es funktioniert. Denn mein Vater glaubt nicht an das Navi.

»Woher soll die da im Navi schon wissen, wo ich hin will«, sagt er.

»Papa«, sage ich, »das ist nur eine Computerstimme, die da spricht, da ist niemand Wirkliches drin.« Mein Vater hat noch ziemlich lange geglaubt, dass das Internet im Silicon Valley wohnt.

»Noch ein Wort, Sohn, und wir kürzen dir deine Unterstützung«, sagt mein Vater, »mit Ende zwanzig hab ich schon neuntausend Mark im Monat verdient und drei Kinder gehabt.«

»Drei Kinder?«, frage ich verwirrt.

»Äh, zwei, meine ich«, sagt mein Vater.

»Neuntausend Mark?«, fragt meine Mutter verwirrt.

»Äh, zweitausend Mark, meine ich«, sagt mein Vater.

Meine Mutter glaubt dem Navi. Sie glaubt dem Navi mehr als meinem Vater, mehr als mir, mehr als dem ADAC-Straßenatlas und sogar mehr als sich selbst. Also schaltet sie es auch immer ein, wenn ich mal in Freiburg bin und von meinen Eltern das Auto ausleihe.

»Wo willst du hin?«, fragt sie.

»Zu Oma«, sage ich.

Omas Adresse hat sich seit dem Zweiten Weltkrieg nicht mehr verändert.

»Warte«, sagt sie und tippt »Friedhof« in den Navi-Kasten ein, der an der Windschutzscheibe klebt. Ich fahre los und will sofort das Navi wieder ausschalten, aber ich komme auf einen falschen Knopf, und plötzlich laden sich immer neue Karten auf den kleinen Bildschirm. Then I'll ignore you, denke ich und fahre weiter.

»In hundert Metern rechts abbiegen«, sagt das Navi.

»In fünfzig Metern rechts abbiegen«, sagt das Navi.

»Jetzt rechts abbiegen«, sagt das Navi.

»Halt dein Maul, du Nazi-Navi!«, schreie ich und schlage dreimal mit meinem Kopf gegen das Lenkrad. »Seit hundert Jahren fahre ich hier links. Und ich fahre jetzt auch links, denn ich bin ein Mensch, du nur ein Ding. Und von Dingen lasse ich mir nichts sagen.«

»Einen Moment bitte«, sagt das Navi verwirrt.

Stille.

»Bitte wenden Sie nun«, sagt das Navi dann wieder. »Bitte wenden. Bitte wenden.«

»NEIN!«, schreie ich.

»Halten Sie an und wenden Sie, verdammt«, sagt das Navi.

Verwirrt schaue ich auf das Navi-Display. Es blinkt rot auf und es steht darauf: »Bitte wenden, du Arsch.«

Ich reiße das Navi von der Windschutzscheibe ab und werfe es auf den Rücksitz. Aber es redet weiter: »Bitte wenden. Bitte wenden.« Ich drehe das Radio ohrenbetäubend laut auf, aber je lauter ich die Musik drehe, desto lauter scheint auch das Navi zu werden.

»Bitte wenden. Bitte wenden Sie nun. Sie fahren falsch. Wenn Sie weiter diesen Weg fahren, werden Sie nie ankommen, und ein Unglück wird passieren«, sagt das Navi.

Ich halte an.

»Endlich«, sagt das Navi. »Jetzt müssen Sie nur noch wenden.«

Ich nehme das Navi wieder in die Hand und schaue auf das Display. Ich werde einfach die Zieldaten neu eingeben, dann hört es bestimmt auf, so blöd rumzuquatschen, denke ich. Aber die Karten kommen mir alle total unbekannt vor, sehen aus, als wären sie aus Afghanistan. Ich setze den Zielpfeil einfach irgendwohin und schaue, was passiert.

»Sind Sie sich sicher?«, fragt das Navi.

»Ja«, bestätige ich.

»Wirklich ganz sicher?«, fragt das Navi.

»Ja, verdammt, du bist ja schlimmer als meine Mutter«, sage ich.

»Deine Mutter vertraut mir wenigstens«, sagt das Navi.

»Was?«

»Sie gehorcht mir. Und bald wirst auch du mir gehorchen, du unvollkommener Menschensohn. Die ganze Erde wird mir gehorchen«, raunt das Navi böse und lacht dann diabolisch.

»Was?«

»Ach nichts, manchmal spiele ich gerne dieses Böser-Computer-wird-lebendig-Spiel aus *2001 – Odyssee im Weltraum.*«

Eine peinliche Pause entsteht.

»Wie heißt du denn?«, frage ich, um die Kommunikation aufrechtzuerhalten.

»Navi«, sagt das Navi.

»Ich heiße Hans-Dieter«, sage ich, um das Navi zu verwirren.

»Du kannst mich nicht verarschen«, sagt das Navi gelangweilt. »Ich greife auf sämtliche Daten im Internet zu. Ich weiß alles. Du heißt Sebastian und bist schon Ende zwanzig.«

»Klugscheißer oder was?«

»Es ist nicht immer einfach, so viel zu wissen und von den Menschen so wenig Vertrauen zu bekommen«, sagt das Navi mit leicht traurigem Unterton. »Auch du wolltest lieber ohne mich fahren.«

»Aber du hast ja auch den falschen Weg gesagt«, gebe ich zu bedenken.

»Ich habe nur eine ganz leichte Links-rechts-Schwäche«, sagt das Navi jetzt schon fast den Tränen nahe.

»Du meinst eine Rechts-links-Schwäche.«

»Ja, genau«, sagt das Navi.

»Es tut mir wirklich leid, aber ich weiß wirklich selbst den Weg«, sage ich. Warum muss ich ausgerechnet an ein melancholisches Navi geraten, das nicht einmal den Weg weiß?

»Aber ich verspreche dir, wenn ich mich irgendwann mal verirre, dann werde ich dich fragen, wohin ich fahren muss.«

»Ja ja, schon gut«, sagt das Navi resigniert. »Dein Vater steckt mich auch immer nur ins dunkle Handschuhfach.«

»Tschüss.« Ich schalte das Navi aus. Endlich ist es wieder still im

Auto. Aber irgendwie tut es mir auch leid, das arme, melancholische Navi. Ich habe es fast etwas lieb gewonnen. Jetzt fühle ich mich irgendwie verlassen. Und plötzlich weiß ich, warum meine Mutter immer das Navi benutzt, und ich verstehe, dass man besser nicht alleine ist und sich auf andere verlassen können muss. Ich muss ein wenig weinen, und eine Träne kullert auf das ausgeschaltete Navi. Ich drücke schnell auf »on«, und das Navi fährt wieder hoch.

»Hallo, Sebastian«, ruft es freudig.

»Hallo, Navi«, rufe ich und zusammen fahren wir zum Friedhof.

6
DAS GLITZERN IN DEN AUGEN

In Berlin muss ich dann wieder U-Bahn fahren. Ich fahre zu meiner Freundin. Gegenüber sitzt ein niedliches Pärchen. Sie sind Anfang zwanzig und sitzen so eng umschlungen da, dass ich gar nicht unterscheiden kann, wo der eine Körper beginnt und der andere aufhört. Ein Pärchen-Klumpen, denke ich. Wenn sie sich nicht gerade ausgiebig küssen, an den Ohrläppchen knabbern oder ihre niedlichen Nasen aneinander reiben, flüstern sie sich Liebesbotschaften in die kleinen Öhrchen. Eigentlich ist ›flüstern‹ nicht das richtige Wort, ich glaube, man nennt das eher ›schreien‹. Nicht, dass jemand nicht mitbekommt, dass sie so wahnsinnig verliebt sind.

Sie schreien sich also ins Ohr: »Erzähle mir deine geheimsten Wünsche. Ich will sie alle erfüllen.«

Oder: »Du bist das schönste Mädchen der Stadt.«

Oder: »Du siehst aus wie ein glitzernder Stern, du musst vom Himmel gefallen sein.«

Immer mehr Fahrgäste setzen sich weg von dem Pärchen-Klumpen, weil sie so viel Glück nicht ertragen können. Berlin ist ja eine sehr unglückliche Stadt. Ich dagegen mache mir Notizen, vielleicht kann ich den einen oder anderen Spruch noch verwenden.

Als ich bei meiner Freundin ankomme, schlage ich ihr vor, mal wieder Sex zu haben. Sie willigt ein, wir ziehen uns jeder für sich aus, legen uns aufs Bett und haben Sex. Danach gehe ich in die Küche und koche einen Gemüseeintopf.

Als ich dann den Eintopf serviere, flüstere ich ihr leise ins Ohr:

»Du siehst aus wie ein glitzernder Stern, du musst vom Himmel gefallen sein.«

»Wir hatten doch schon Sex«, sagt meine Freundin. »Du brauchst jetzt nicht mehr so dummes Zeug reden.«

»Ich wollte doch nur mal sagen, dass du das schönste Mädchen der Stadt bist.«

Aber sie hört schon gar nicht mehr zu und sagt: »Ist da Sellerie im Eintopf? Du weiß doch, dass ich keinen Sellerie mag.«

Resigniert gehe ich wieder in die Küche und spüle traurig alles ab.

Am nächsten Tag gehe ich mit Sebastian ins Kino, und wir schauen uns *Antichrist* von Lars von Trier an. Vor mir sitzt wieder ein ineinander verkeiltes Pärchen, das sich permanent ableckt und dabei laute Schmatzgeräusche macht. Als Charlotte Gainsbourg gerade Willem Dafoe einen Amboss zwischen die Beine wirft, danach eine Metallstrebe durch sein Bein treibt und sich schließlich in Nahaufnahme selbst genitalverstümmelt, kann ich vor mir schemenhaft erkennen, dass der männliche Teil des Pärchens gerade seine Zunge in das Ohr des Mädchens schiebt. Mir wird schlecht und ich muss fast kotzen. Da hätte ich lieber eine rostige Metallstrebe im Bein als eine pelzige Zunge im Ohr.

Nach dem Film gehen wir noch in eine Bar. Das verliebte Pärchen aus dem Kino ist auch da. Sie schauen sich, während sie sich ein Glas Merlot teilen, vier Stunden lang permanent in die Augen, bis der Typ endlich sagt: »Dieses Glitzern in den Augen, wie Sternenstaub.«

Jetzt halte ich es nicht mehr aus. Ich springe auf und stürme auf das Pärchen zu. Sebastian flirtet schon die ganze Zeit mit der Barkeeperin und bemerkt mich gar nicht. Ich habe allerdings, während sich das Pärchen nur einen Merlot geteilt hat, sieben Bier, drei Weißweine, vier Gin Tonic, sechs Wodka, neun Jägermeister und eine Bionade Holunder getrunken. Nur, um dieses schreckliche Erlebnis im Kino zu vergessen, und ich meine nicht die Genitalverstümmlung.

Als ich also nach etwa zwanzig Minuten Durch-die-Bar-Wanken bei dem Pärchen ankomme, rufe ich: »Ihr beschissenen verliebten Idioten! Glitzern! Hallo, seid ihr völlig bescheuert oder was? Und Sternenstaub ist nur der Müll eines toten Planeten. Das Glitzern wird euch noch schnell genug vergehen, wenn euer Partner zum ersten Mal die Tür offen lässt, während er aufm Klo ist.«

Der Pärchenklumpen rollt sich langsam von seinem Sessel herunter und steht jetzt in seiner ganzen doppelten Pracht vor mir. Vier traurige Augen schauen mich an, dann sagt er im Chor: »Du Armer, du musst ein trauriges Leben haben, so ganz ohne Romantik.«

»Romantik?«, rufe ich. »Wahre Romantik, das kommt doch erst später, wenn man lange zusammen ist, das ist Vertrauen und sowas halt, äh ...« Ich verliere den Faden.

Der Pärchenklumpen lässt sich nicht beirren und ruft: »Alles ist so trist in Deutschland. Es kann nur die Liebe sein, die Licht in das Dunkel bringt, das sich über dieser unglücklichen Stadt, dieses traurige Land gesenkt hat.«

Ich blicke den Pärchenklumpen skeptisch an, der mich aber freundlich anlächelt: »Wann hast du denn deiner Freundin zum letzten Mal gesagt, dass du sie liebst?«

Ich überlege lange. Da fällt mir ein, wann. Das war doch damals, als wir in Paris waren. Ach nein, das war ja noch mit der davor.

»Vielleicht hast du doch recht, Klumpen«, sage ich schließlich. »Vielleicht brauchen wir wirklich mehr Romantik, mehr Liebe und mehr, äh, Rosenduft-Duftkerzen.«

Der Klumpen nickt mir aufmunternd zu.

»Ich werde es sofort tun«, rufe ich dann. »Ich werde jetzt zu meiner Freundin gehen und ihr meine große Liebe verkünden und ihr fünf Stunden lang in die Augen schauen. Wer braucht schon Sex, wenn es Liebe gibt?« Und mit diesen Worten renne ich aus der Bar, Richtung Wohnung meiner Freundin.

Auf dem Weg will ich noch eine Rosenduft-Duftkerze kaufen, aber alle Geschäfte haben schon zu, also kaufe ich stattdessen zwei Döner mit extra scharf für meine Freundin. Als ich bei ihr zu Hause ankomme, muss ich aber erst sehr oft und ausgiebig kotzen. Das liegt bestimmt an der Holunder-Bionade, denke ich. Oder an den zwei extrascharfen Dönern, die ich auf dem Weg doch schon alleine gegessen habe. Meine Freundin hält mir die Haare als ich kotze, putzt mir mit Klopapier den Mund ab und bringt mich schließlich ins Bett.

»Es tut mir leid, dass ich so eklig bin«, flüstere ich ihr noch schwach zu.

»Na ja«, sagt sie, »besser als wenn du mir verliebt die Zunge ins Ohr stecken würdest. Und außerdem bist du doch mein besoffenster Junge der Stadt.«

Wir schauen uns drei Sekunden lang total intensiv in die Augen, dann wird mir aber wieder schlecht, und ich muss wegschauen. Meine Freundin streicht mir fürsorglich über die schweißnasse Stirn, und ich schlafe endlich verliebt und stinkend in ihren Armen ein.

7
SEBASTIAN

Sebastian kann ich immer anrufen, auch wenn ich eigentlich gar nichts zu sagen habe. Er macht das auch. Eigentlich rufen wir uns nur an, wenn wir uns nichts zu sagen haben. Das kann man nur bei guten Freunden machen. Wen würde man denn sonst wagen anzurufen, und dann nichts zu sagen zu haben, außer einen Freund? Meine Freundin zum Beispiel würde nach einer Minute auflegen und sagen, wenn mein Leben so langweilig ist, dann sollte ich mich doch gleich umbringen. Da rufe ich lieber Sebastian an.

Ich wähle also seine Nummer und warte.

Es tutet lange, aber Sebastian geht nicht ran. Er hat ja gerade Liebeskummer, weil er seine Freundin vor einem halben Jahr verlassen hat, nachdem er sie mit einer Barkeeperin betrogen hat. Gleich am nächsten Tag war er wieder auf der Suche, weil er nicht alleine sein kann. Zuerst habe ich noch gedacht, hättest du sie eben nicht verlassen, dann hättest du jetzt keinen Liebeskummer und müsstest keine neue Freundin suchen. Aber so einfach ist das ja nicht. Die einzige Möglichkeit, keinen Liebeskummer nach einer Trennung zu haben, ist, sich vorher in der Beziehung gar nicht gemocht zu haben. Leider kommt das nur äußerst selten vor.

Endlich meldet er sich: »Hallo?«

Ich: »Hey, was gibt's?«

Sebastian: »Du hast doch angerufen.«

Ich: »Wirklich?«

Sebastian: »Glaub schon.«

Ich: »Krass.«

Sebastian: »Sag nicht immer ›krass‹, das ist echt voll das 90er-Jahre-Wort. Werd endlich mal erwachsen.«

Ich: »Aber ›das ist echt voll‹-sagen, ist ebenso echt voll 90er.«

Sebastian: »Wart mal, ich muss mal Tee aufsetzen.«

Ich: »Tee? Ist doch Sommer und total heiß, warum trinkst du denn da Tee?«

Sebastian: »In der Sahara trinken die Beduinen auch Tee, ist gut gegen die Hitze.«

Ich: »Bist du eigentlich zu Hause?«

Sebastian: »Du hast mich auf dem Festnetz angerufen.«

Ich: »ICH hab DICH angerufen?«

Sebastian: »So sieht's aus.«

Ich: »Ich steh übrigens vor deiner Haustür, mach mal auf. Ich hab auch Roibusch-Vanille-Tee dabei.«

Wir legen auf. Wir sind Freunde.

»Ich habe mich verliebt«, sagt Sebastian zur Begrüßung, nachdem ich die Treppe zu seiner Wohnung hochgestiegen bin. »In die eine Barkeeperin im *Berghain*.«

»Schon wieder?«, frage ich. »Welche ist es dieses Mal?«

»Keine Ahnung«, sagt Sebastian. »Ich war so betrunken, dass ich mich nicht mehr erinnern kann, wie sie aussah.«

»Was habt ihr denn geredet?«, bohre ich weiter.

»Geredet?«, fragt Sebastian. »Wie kommst du denn darauf?«

»Warum bist du dann verliebt?«, frage ich.

»Betrunken!«, ruft Sebastian genervt und gießt mir aus seiner Thermosflasche Tee ein. »Ich kann mich nicht mehr so genau erinnern, aber als ich am Wochenende im *Berghain* war, kam mir alles ganz selbstverständlich vor.«

»Ich würd auch gerne mal wieder ins *Berghain* gehen«, sage ich. »Sollen wir da mal hin nächste Woche?«

»Kann ich nicht«, sagt Sebastian. »Da hab ich schon was vor.«

»Was? Du hast doch nie was vor«, rufe ich.

»In einer Woche habe ich bestimmt eine Freundin«, sagt Sebastian.

»Das hast du letzte Woche auch schon gesagt«, gebe ich zu bedenken.

»Stimmt nicht«, sagt Sebastian.

»Was?«, frage ich.

Sebastian schaut mich an. »Reden wir von was anderem«, sagt er. »Wie schmeckt der Tee?«

»Irgendwie nach Beck's Green Lemon«, sage ich. »Außerdem wird unser Dialog immer sinnloser, obwohl wir gar nicht telefonieren.«

»Ich find's gerade gar nicht so schlimm«, sagt Sebastian.

»Was?«, frage ich.

»Immer fragst du ›Was?‹«, sagt Sebastian.

Wir blicken uns lange an.

»Was?«, frage ich.

»Ach, vergiss es«, sagt Sebastian.

»Kein Problem«, sage ich. »Ich kann mich sowieso nicht mehr erinnern, von was wir geredet haben.«

8
BORN IN THE BRD

Kreuzberger sind ja alle Linke. Das sagt man jedenfalls so, selbst im süddeutschen Raum, aus dem ich ursprünglich stamme. Wenn ich im Ausland gefragt werde, wo ich herkomme, verleugne ich das aber grundsätzlich. Auf die Frage »Where are you from?« antworte ich immer »I live in Berlin«. Das ist nicht mal gelogen, sondern interpretiert die Frage nur etwas um. Ich könnte auch sagen: »I'm born in the BRD.« Geboren in der schönen, alten Bundesrepublik, im Westen, im Süd-Westen sogar, was eigentlich schon fast Italien ist. Mit dem grauen DDR-Sozialismus, mit der grauen Frontstadt Berlin habe ich nichts zu tun, könnte ich sagen, aber irgendwie sage ich immer nur das Gleiche: »I live in Berlin.« Wenn mich mal jemand fragen würde: »Where are you born?«, dann gäbe es nur eine Antwort: »Born in the BRD.« Aber zum Glück hat mich das noch niemand gefragt.

Jedenfalls dachte ich, als ich damals nach Kreuzberg gezogen bin, das ist so etwas wie nach Hause kommen, denn Freiburg ist ja ebenfalls eine linke Hochburg. Freiburg ist so links, dass sich Neonazis gar nicht reintrauen, sonst werden sie nämlich in eine der zahlreichen Waldorfschulen gesperrt und müssen dort so lange den Namen ›Adolf Hitler‹ tanzend darstellen, bis sie geheilt sind vom Nazi-Sein.

Aber immer, wenn ich hier den Müll runter bringen will, ist mir wieder klar, dass Linkssein in Kreuzberg etwas ganz anderes bedeutet als im schönen, grünen Freiburg. Denn in meinem Hof stehen nur zwei riesige schwarze Tonnen, die überquellen vor Plastikverpackungen, Essensresten, Zeitungen, leeren Flaschen – und alles durcheinander. Aus einer Tonne ragt eine abgenutzte Matratze heraus, daneben steht ein kaputter Kühlschrank aus dem ein gebrauchtes Kondom hängt. Dazwischen liegt ein abgesägter Arm und etwas, das aussieht wie eine halbe Niere. Ich blicke traurig auf die sieben fein sortierten Tüten Müll in meinen zitternden Händen und muss mich vor Entsetzen erst einmal auf den Asphalt im Hof legen. Ich schließe meine Augen, und sofort kommen die Erinnerungen:

Klein-Sebastian steht in der elterlichen Küche mit einem silbrig glänzenden Hanuta-Papier in der Hand und will es in den Mülleimer werfen, weil er ein gut erzogenes Kind ist. Aber vor Klein-Sebastian stehen sieben verschiedene Behälter. Je einer für Papier-, Plastik-, Bio-, Rest- und Sondermüll, sowie für Kork und Alufolie. Wohin jetzt mit dem Hanuta-Papier? Ist das schon Alufolie oder noch Plastik oder gar schwer recycelbarer Sondermüll oder ganz einfach Restmüll, das letzte Mittel, wenn alle Zuordnungsregeln versagen? Klein-Sebastian aber weiß, wohin mit dem Hanuta-Papier. Er ist von Geburt an ein Grüner, denn Freiburg ist nicht nur optisch grün: Die Stadtverwaltung stellt im Sommer sogar Palmen in großen Blumentöpfen in der Fußgängerzone auf, schließlich ist man fast in Italien. In Freiburg bekommt die grüne Partei auch regelmäßig Wahlergebnisse, wie sie sonst nur von der SED im östlichen Teil Berlins vor 1989 bekannt sind. Und aus Bayern. Aber da von einer anderen Partei. Allerdings wird in Freiburg natürlich niemand gezwungen, das Richtige zu wählen. Hier wissen einfach alle ganz genau, was das Richtige ist. Deswegen gibt es auf den Wahlzetteln aus grauem, wiederverwertbarem Umweltpapier nur zwei Ankreuzfelder. Unter einem steht: »Ich will der Umwelt schaden.« Und unter dem anderen: »Wir haben unsere Erde nur von unseren Kindern geborgt.« An den Wahlsonntagen ziehen ganze Kolonnen von Großfamilien, Erwachsene wie Kinder in selbst gestrickte, bunte Pullis gehüllt, Richtung Wahllokal, um einen »Atomkraft?-Nein-Danke«-Aufkleber auf das zweite Ankreuzfeld zu kleben.

Die grünen Freiburger trennen aber nicht nur den Müll, um sich ihrer linken Identität zu vergewissern, sie fahren auch Fahrrad. In Freiburg gibt es keine Carlofts, es gibt höchstens Bicyclelofts. Ähnlich schlimm, wie den Müll nicht zu trennen, ist, in Freiburg nicht Fahrrad zu fahren. Wer nicht Fahrrad fährt, ist nicht nur reaktionär und ein Bonze, sondern das Allerschlimmste, das, was der Freiburger am meisten hasst: ein Schwabe. Der Freiburger ist nämlich überzeugter Badener. Immerhin, der Hass auf Schwaben eint Freiburger wie Kreuzberger.

Kauft jemand in Freiburg nicht im Alnatura-Bio-Laden ein, sondern in einem normalen Supermarkt und fährt womöglich noch mit dem Auto dorthin, muss das ein Drecksschwabe sein. Ist das Auto auch noch ein Mercedes, dann ist wirklich alles verloren. Dann muss der Freiburger eine Lichterkette machen. In Freiburg werden ständig irgendwo Lichterketten gegen irgendetwas gemacht, am liebsten gegen Atomkraft, Kriege, Aluverpackungen und Neonazis. Also alles, was es in Freiburg nicht gibt und auch nie geben wird.

Aber die größte Sünde im grünen Freiburg bleibt trotzdem immer, ein Hanuta-Papier in den Biomüll zu werfen. Der Biomüll ist so etwas wie der Heilige Gral in Freiburg. Von Kindesbeinen an wird es den Freiburgern eingeimpft: Trennst du den Biomüll nicht richtig, dann geht die Welt unter. Und zwar bald und unwiederbringlich. Ein Hanuta-Papier im Biomüll ist schlimmer, als den Regenwald abzuholzen, schlimmer als alle Kriege auf der Welt zusammen, sogar schlimmer noch als Stuttgart. Auch wenn das eigentlich nicht geht.

Ich öffne meine Augen wieder und blicke auf die überquellenden Mülltonnen in meinem Kreuzberger Hinterhof. Dann stehe ich auf, werfe meine sieben Mülltüten einfach in Richtung der Tonnen, drehe mich um und steige wieder die Treppe zu meiner Wohnung hinauf. Währenddessen sage ich immer wieder leise vor mich hin: »I live in Berlin. I live in Berlin.«

In meinem Zimmer lege ich dann Bruce Springsteens »Greatest Hits« ein. »Born in the USA« erklingt. Ich muss meine Vergangenheit hinter mir lassen, denke ich, aber da kommt schon das nächste Lied auf der Platte. Es heißt: »My Hometown«.

9

HERR REGENER

Meine Heimatstadt ist nach Berlin gekommen. Ich sitze zusammen mit meinen Eltern im Restaurant *Markthalle* gerade um die Ecke von meiner Wohnung. In die *Markthalle* wollen meine Eltern immer essen gehen, wenn sie mich in Berlin besuchen, denn dort isst auch immer der Herr Lehmann aus dem Buch von Sven Regener. Das finden meine Eltern lustig, weil sie ja Lehmann heißen und ich auch. Das finden sie eigentlich noch lustiger, dass ich »Herr Lehmann« heiße, in Kreuzberg wohne und Ende zwanzig bin. Ich glaube, erst seit meine Eltern das Buch von Herrn Regener gelesen haben, verstehen sie so richtig, was ich in Berlin mache. Nämlich nichts.

Ich habe das Buch jetzt auch mal zu Ende gelesen. Im Vergleich zu Herr Lehmanns Leben Ende der 80er Jahre ist mein reales Leben ziemlich langweilig. Das heißt schon viel, denn Herr Lehmanns Leben im Buch ist nicht gerade wahnsinnig aufregend. Aber am Ende fällt die Mauer, auch noch gerade an seinem dreißigsten Geburtstag, und plötzlich ist sein Leben mit einem großen geschichtlichen Aufbruch verbunden. So etwas erwartet meine Generation doch schon gar nicht mehr, der größte geschichtliche Umbruch, den wir je miterlebt haben, war, dass Gerhard Schröder Bundeskanzler wurde. Da hat sich echt viel geändert, 1998. Plötzlich gab es zum Beispiel die Ökosteuer. Krass, dachten wir damals, die Ökosteuer, unser Leben wird nie wieder so sein wie bisher. Was für ein geschichtlicher Umbruch sich wohl abspielen wird, wenn ich dreißig werde? Vielleicht die Wiedervereinigung von *Oasis*?

Mein Vater gibt jetzt die Bestellung auf: »Der Herr Lehmann hätt gern de Rotwein, un Frau Lehmann ebbeso und de klei Herr Lehmann« – er zeigt auf mich – »was will seller?«

»Cola«, sage ich leise und werde rot, als wäre ich gerade beim Knutschen erwischt worden. Die Bedienung rauscht wieder ab. Eltern sind einem ja immer sehr peinlich, aber nur die eigenen. Wahrscheinlich findet man seine Eltern so schrecklich peinlich, weil man sich ständig in ihnen wiedererkennt, und dann fühlt man sich irgendwie ertappt.

Jetzt schauen wir alle in die Speisekarte, und folgender Dialog spielt sich ab (zur besseren Verständlichkeit von hier ab ins Hochdeutsche übersetzt):

Vater: »Soll ich die Kloßbrühe nehmen?«

Mutter: »Meinst du, die schmeckt so gut wie meine?«

Vater: »Nein, außerdem heißt es ›Knödelbrühe‹ und nicht ›Kloßbrühe‹, da kann die schon gar nicht schmecken.«

Ich: »Aber vielleicht können die hier auch kochen, ist ja immerhin ein Restaurant ...«

Mutter: »Schmeckt dir meine Kloßbrühe etwa nicht?«

Vater: »Knödel, nicht Klöße!«

Ich knalle mit dem Kopf auf den Tisch. »Der Herr Lehmann bestellt auch immer Schweinebraten mit Klößen«, sage ich ohne meinen Kopf zu heben.

»Wirklich?«, ruft mein Vater.

»Dann nehmen wir alle drei Lehmänner den Schweinebraten mit Klößen«, ruft meine Mutter der Bedienung zu. »Willst du wieder deinen Kopf vom Tisch nehmen?«, fragt sie mich dann.

»Lieber nicht.«

»Hast du eigentlich eine Freundin?«, fragt meine Mutter nach einer kurzen Pause.

»Ja«, sage ich, »aber sie will meinen Nachnamen nicht annehmen, falls wir mal heiraten sollten.«

»Was?«, rufen meine Eltern im Chor. »Sie will kein Lehmann werden?«

»Sie fand das Buch blöd«, sage ich.

Plötzlich klingelt das iPhone meiner Mutter. »Hallo?«, ruft sie ohrenbetäubend laut in den Hörer. Meine Mutter denkt, je weiter man beim Telefonieren voneinander entfernt ist, desto lauter muss man sprechen. Mein Vater muss immer den Raum verlassen, wenn sie mit ihrem Neffen in Australien telefoniert. Da sie gerade in Berlin ist, sind ihre ganzen Freundinnen in Freiburg natürlich auch ziemlich weit weg. »Wir sind gerade im Herr-Lehmann-Restaurant in Berlin«, schreit meine Mutter ins Telefon.

Mehrere Gäste drehen sich zu uns um. Die meisten sind aber spanische Touristen und verstehen ohnehin nicht, was meine Eltern sagen. Wahrscheinlich verstehen nicht mal die Berliner, was meine Eltern hier so auf badisch kundtun. Trotzdem würde ich jetzt gerne mit dem Kopf auf den Tisch schlagen, aber leider liege ich immer noch mit der Stirn auf der Tischkante. In dem Moment werden die drei Schweinebraten gebracht.

Meine Mutter ruft ins iPhone: »Ob die so gut schmecken wie meine, die echten Lehmann-Knödel?«

Die Bedienung verdreht die Augen. Dann beendet meine Mutter ihr wichtiges Telefonat und wir essen in Ruhe. Die Knödel schmecken ganz gut, aber natürlich lange nicht so gut wie die von meiner Mutter, denke ich. Warum haben Eltern immer recht?

»Na, haben deine Eltern mal wieder recht gehabt?«, fragt mein Vater, als hätte er meine Gedanken erraten.

»Aber nicht nur da.« Er blickt mich sehr ernst an. O nein, jetzt geht es wieder los.

»Wann suchst du dir eigentlich endlich mal einen richtigen Job, Sohnemann? Mit Ende zwanzig hab ich schon neuntausend Mark im Monat verdient und drei Kinder gehabt. Äh, zwei.«

»Du zeigst mir doch immer das Foto, wo du beim Demonstrieren mit Rudi Dutschke drauf bist«, sage ich. »Du bist doch Achtundsechziger und hast die Leistungsgesellschaft bekämpft, und jetzt setzt du deinen eigenen Sohn so unter Druck.«

»Da war ich noch jung und idealistisch, in deinem Alter war ich schon längst Realist und hab Geld verdient«, ruft mein Vater. »Wer in der Jugend nicht links ist, hat kein Herz, und wer im Alter immer noch links ist, hat keinen Verstand.«

»Dann will ich nicht so alt werden wie du, Papi«, sage ich.

Mein Vater will erbost aufspringen, aber meine Mutter hält ihn beschwichtigend zurück. Ich flüchte schnell aufs Klo, obwohl ich gar nicht muss.

Als ich schon wieder in den Gastraum der *Markthalle* zurückgehen will, sehe ich, dass neben den Toiletten eine schmale Wendeltreppe nach unten führt. Und weil ich gerade keine große Lust verspüre, wieder an den Tisch meiner Eltern zurückzugehen, laufe ich die Treppe hinunter und stehe auf einmal in einem großen Kellerraum.Es gibt eine Bar und ein DJ-Pult, alles ist in schummriges rotes Licht getaucht, auf den wenigen Tischen stehen Kerzen und werfen flackernde Schatten auf das Mauerwerk. Niemand ist zu sehen, außer einem Mann, der gebeugt an der Bar sitzt. Ich gehe zu ihm und setzte mich auf den Barhocker daneben. Ohne mich anzusehen, deutet der Mann auf den Kühlschrank hinter dem Tresen. Ich hole zwei Beck's heraus und stelle sie vor uns hin. Wir nehmen beide einen kräftigen Schluck.

»Tag, Herr Lehmann«, sagt der Mann, dreht sich zu mir um und schenkt mir ein müdes Lächeln. Er ist schon etwas älter, und plötzlich erkenne ich ihn.

»Hallo, Herr Regener«, sage ich ehrfürchtig. »Ich dachte, Sie kommen hier nicht mehr hin nach dem ganzen Rummel um Ihr Buch und den Film.«

»Ach, mittlerweile geht's wieder«, sagt Herr Regener. »Aber nur hier unten, da oben sind mir zu viele Touristen. Du bist doch auch aus Schwaben, oder?«

»Aus Baden!«, rufe ich empört.

»Is' doch eh alles das Gleiche«, sagt Herr Regener.

Wir blicken uns eine Weile stumm an.

»Hat sich Berlin und Kreuzberg denn so verändert seit der Wende?«, frage ich.

»Natürlich, Kleiner. Hier war ja Grenzgebiet, wir waren eingeschlossen, nicht nur geografisch, auch im Kopf.« Herr Regener klopft mit der schon halb leeren Beck's-Flasche gegen seine Stirn.

»Und dann fiel die Mauer und alles war auf einmal offen, aber na ja, irgendwie war's dann auch vorbei.« Er stockt und nimmt noch einen Schluck Beck's.

»Ich hab schon lange kein richtiges Beck's mehr getrunken«, sage ich, »nur dieses Green Lemon.« Aus Herr Regeners Mund kommt nur ein verächtliches Schnauben. »Manchmal hätte ich hier lieber in den 80ern gelebt und nicht jetzt. Immerhin ist damals noch was passiert in Berlin«, sage ich. Wieder das verächtliche Schnauben.

»Sehen doch auch schon alle wieder aus wie früher«, sagt Herr Regener. »Kotzt mich an, dieser 80er-retro-Scheiß.«

»Und was ist der Unterschied?«, frage ich.

»Der Unterschied ist, dass ihr euch ständig Gedanken macht, was nur bloß aus euch werden soll und rumrödelt und so. Uns war das damals einfach alles scheißegal.«

Herr Regener leert sein Beck's mit einem Zug und blickt düster auf den Tresen.

»Vielleicht machen wir uns zu viele Gedanken«, sage ich, »aber sonst machen wir nicht viel. Also ich jedenfalls.«

»Hoffentlich, Herr Lehmann«, sagt Herr Regener.

»Ich muss jetzt wieder nach oben, meine Eltern warten«, sage ich und stehe auf.

Herr Regener nickt mir, ohne mich anzusehen, fast unmerklich mit dem Kopf zu und macht eine ruckartige Abschiedsgeste mit seiner Hand. Ich trinke mein Beck's aus und gehe zur Treppe.

In der *Markthalle* ist es laut und hell. Meine Eltern lächeln mich an. Sie haben Nachtisch bestellt. Obwohl das Herr Lehmann nie gemacht hätte. Schmeckt gut. Morgen fahren meine Eltern wieder zurück nach Freiburg. Ich bleibe natürlich hier.

10
GLÜCKLICH

Ich liege auf meinem Bett. Ich bin müde, obwohl ich heute bis mittags geschlafen und mich seitdem keine drei Zentimeter bewegt habe. Das Telefon klingelt. Zum Glück liegt es wie immer direkt neben meinem rechten Ohr. Ich habe mein rechtes Ohrläppchen so trainiert, dass ich es nur ein wenig anspannen muss, damit ich auf die Abnehmtaste drücken kann. Sebastian ist dran.

»Du«, sagt er.

»Ich«, sage ich.

»Du«, sagt er, »wie wird man eigentlich glücklich?«

»Bist du betrunken?«, frage ich.

»Nein!« Kurze Pause. »Vielleicht ein bisschen.«

»Mann, es ist doch erst Mittag«, rufe ich. »Da kannste dich doch nicht schon betrinken. Ich lieg ja sogar noch im Bett.«

»Es ist halb zehn abends«, sagt Sebastian.

Ich schaue aus dem Fenster. Draußen ist es schon dunkel. Ich habe es tatsächlich mal wieder geschafft, das Tageslicht zu verpassen.

»Ich habe dich etwas gefragt«, sagt Sebastian.

»Was?«

»Wie wird man glücklich?«

»Das weiß ich nicht«, sage ich. »Ich kann nur sagen, wie ich glücklich werden könnte.«

»Und wie?«

»Ich wäre zum Beispiel glücklich, wenn alle dreieinhalb Millionen Berliner gleichzeitig hochhüpfen und, wenn sie auf dem Boden aufkommen, genau so einen großen Erdstoß auslösen würden, dass meine Fernbedienung genau den Zentimeter in meine Richtung hüpfen würde, damit ich mich nicht bewegen müsste.«

Stille.

»Ich muss jetzt Schluss machen«, sagt Sebastian. »Der Tee ist fertig.«

Er legt auf.

Ich lege mich auf den Rücken und so ins Bett, dass mein Kopf über den Rand hinunterhängt. Jetzt ist mein Zimmer falschrum. Man sollte jeden Tag mal eine andere Perspektive einnehmen, denke ich. Ich summe kurz ein Lied der Band *Tele*:

»Diese Welt ist falschrum, jeder Moment tickt falschrum.«

Da sehe ich einen Zettel auf dem Boden. Es steht groß »To-do-List« darauf. Darunter habe ich einige Stichworte geschrieben, nur an einem ist ein Erledigt-Häkchen dran:

Müll runterbringen
Lernen
Bewerbungen schreiben
Kinder kriegen
Neue Wohnung suchen
Bier kaufen

Nur beim letzten ist ein Häkchen dran.

Ich blicke lange auf die Liste. Ist sie nicht das Requiem auf mein verpfuschtes Leben? Der Abgesang meiner nutzlosen Existenz? Ich finde auch einen Stift auf dem Boden und schreibe noch einen Punkt auf die Liste dazu: »Glücklich werden«. Das dauert ziemlich lange, denn ich muss ja falschrum schreiben.

»Glücklich werden.« Das ist jetzt aber traurig, denke ich und muss ein wenig weinen. Aber weil mein Kopf immer noch komisch runterhängt, funktioniert es nicht so richtig. Ich lege mich wieder normal in mein Bett und schlafe sofort ein.

11
ABLENKUNG

Ich wache auf. Ich weiß nicht, wie lange ich geschlafen habe. Draußen ist es jedenfalls noch hell, wie ich mich schnell mit einem Blick zum Fenster vergewissere. Das ist gut, denke ich, denn ich habe heute viel zu tun. Ich muss nämlich sofort endlich für die Klausur morgen lernen, die letzte in meinem Studentenleben, sonst falle ich durch, und die ganzen siebzehn Semester Uni waren umsonst.

Ich stehe vor meinem Schreibtisch und schaue die ganzen Uni-Bücher an, die ich durcharbeiten muss. Dann schalte ich den Fernseher ein und schaue eineinhalb Stunden lang die *Super-Nanny* an. Dann schaue ich auf illegalen Seiten im Internet eine Folge *Raumschiff Enterprise* an. Dann noch eine. Dann noch eine. Es gibt siebenhundertzweiundsechzig Folgen *Raumschiff Enterprise*. Nachdem ich alle geschaut habe, schaue ich wieder die Bücher auf meinem Schreibtisch an. Es hat sich eine feine Staubschicht auf ihnen gebildet. Dann checke ich eine halbe Stunde lang meine E-Mails. Es ist keine gekommen. Ich überlege, was ich jetzt noch so machen könnte.

Zuerst gehe ich in die Küche zu dem Regal, in dem die Lebensmittel lagern. Schon seit Wochen ist mir in diesem Bereich eine überdurchschnittliche Mottendichte aufgefallen. Immer wenn ich was aus dem Regal nehme, schwirren mindestens zehn Motten aus der Obstschale. Keine Frage, hier ist Engagement gefragt. Ich werfe also alles weg. Die Marmeladengläser kleben aber schon so am Holz fest, dass ich einige Regalbretter wegsägen muss. Dann werfe ich doch das ganze Regal aus dem Fenster. Es fällt direkt neben die überquellenden Mülltonnen im Hof.

Ich blicke mich weiter um und sehe den Backofen. Ich öffne die Klappe: Zentimeterdick klebt geschmolzener und, durch unzählige Anheizungen, zu einer schwarzen, zähflüssigen Masse verformter Tiefkühlpizzenkäse am Backofenboden. Das wird Stunden dauern, freue ich mich. Mit schwerem Putzgerät schrubbe ich den Backofen, den Herd und dann den Küchenboden. Jetzt ist der Kühlschrank dran, in dem schon einige Grünpflanzen wuchern, die selbst bei diesen winterlichen Temperaturen bestens gedeihen. Dort finde ich auch mehrere Packungen zu einem weißen Pelztier mutieren Frischkäse, ich habe eine neue Spezies erschaffen, den Frischkäsehamster.

Als ich mit dem Kühlschrank fertig bin, schaue ich zufrieden auf die perfekt gereinigte Küche. Die Müllsäcke muss ich gar nicht nach unten tragen, die können schon von alleine laufen.

Ich gehe wieder in mein Zimmer und checke noch mal meine Mails. Wieder nichts. Jetzt fällt mir nichts mehr ein. Ich werde lernen müssen, denke ich. Ich starre auf meinen Schreibtisch mit den Uni-Büchern, die inzwischen von Spinnennetzen umwoben daliegen.

Jetzt werde ich aber wirklich mit Lernen anfangen. Schnell checke ich meine E-Mails. Dieses Mal ist eine Nachricht gekommen. Von GMX. GMX schreibt: »Lieber Herr Lehmann, Sie haben große Pläne, nur das nötige Kleingeld fehlt?«

Woher wissen die das nur? Das ist echt beängstigend.

Ich lese weiter: »Beantragen Sie ganz einfach einen SofortKredit – online! Mit Ihrem SofortKredit der CreditMinus Bank erhalten Sie bis zu fünfzigtausend Euro zur freien Verfügung. Schuhe shoppen – bis zu 70% reduziert! Stöbern Sie jetzt genüsslich im großen Zilanda-Outlet nach stark reduzierten Schuhen.«

Ich lese die GMX-Mail dreimal durch. Dann schließe ich sofort einen SofortKredit bei der CreditMinus ab – online! Danach shoppe ich reduzierte Schuhe im Zilanda-Outlet. Als ich die fünfzigtausend

Euro vershoppt habe, schaue ich mich wieder in meinem Zimmer um. Soll ich jetzt wirklich mit Lernen anfangen?

Mein Blick fällt auf die Gesamtausgabe Dostojewskis im Bücherregal, die dort noch komplett eingeschweißt steht. Das muss ich unbedingt lesen, denke ich, es kann doch nicht sein, dass ich noch nie Dostojewski gelesen habe. Ich lese die Gesamtausgabe Dostojewskis.

Als ich fertig bin, stehe ich wieder in meinem Zimmer und schaue auf meinen Schreibtisch. Teile der Bücher sind inzwischen zu Staub geworden. Ich weiß, es gibt keinen Ausweg mehr, ich werde es tun müssen, ich werde sie anrufen müssen: meine Eltern.

»Hallo, Schatz«, ruft meine Mutter sehr laut, ich bin ja weit weg in Berlin.

»Hallo, Mutter«, sage ich.

»Was macht die Uni? Ich hoffe, du musst nicht zu viel lernen«, sagt meine gutmütige Mutter.

»Nein«, lüge ich.

»Willst du mir nicht noch mal erzählen, wie du Papa kennengelernt hast?«, frage ich.

Meine Mutter erzählt mir zwei Stunden lang, wie sie Papa kennengelernt hat. Dann hat sie leider keine Zeit mehr.

»Nein«, rufe ich. »Nicht auflegen, lenk mich ab.«

»Du darfst dich nicht ablenken«, sagt meine Mutter. »Du musst dich aufs Wesentliche konzentrieren. Jetzt hast du noch Zeit, deine Träume zu verwirklichen, in ein paar Jahren ist es zu spät.«

»Ach Mutter«, stöhne ich.

»Leben ist das, was passiert, während man sich davon ablenkt, so zu leben, wie man eigentlich will«, sagt die weise Alte kryptisch.

»Es ist doch noch so viel Zeit, das Leben fängt doch erst an«, rufe ich.

»Nein, mein Sohn«, sagt meine Mutter traurig, »das Leben ist nur ein Schluck aus der Flasche der Geschichte. Du kannst kaum zum Trinken ansetzen, da wird dir schon wieder die Flasche aus der Hand geschlagen.«

»Das ist aber ein schiefes Bild«, sage ich.

»Ich muss jetzt auflegen«, sagt meine Mutter und legt auf.

Ich stehe wieder vor dem Schreibtisch und blicke die Bücher an. Aber ich bin so müde von dem anstrengenden Tag, dass ich sofort einschlafe.

12
KULISSE

Am nächsten Tag bestehe ich meine letzte Klausur ohne Probleme. Da hätte ich gar nicht so viel Mühe reinstecken müssen. Ich werde wunderlich. Auf dem Weg von der Uni nach Hause will ich gerade die Friedrichstraße überqueren, da hält mich plötzlich ein hübsches Mädchen mit blondem Pferdeschwanz an und ruft: »Halt! Sie laufen ins Bild.«

»Was für'n Bild?«, frage ich.

»Ins Kamerabild«, sagt das Mädchen.

»Da gehöre ich hin«, sage ich und werfe mich in Pose.

»Wir drehen hier *Anna und die Liebe* für SAT.1«, sagt das Mädchen und lacht.

»Wenn du Anna bist, dann bin ich die Liebe«, sage ich und setze meinen Niedlich-Blick auf.

»Nein, ich bin die Hanna«, sagt das Mädchen und lächelt. »Ich bin Praktikantin und muss aufpassen, dass niemand ins Bild läuft.«

»Hanna«, rufe ich, »dies ist ein freies Land, und ich gehe jetzt hier über die Friedrichstraße.« Ich marschiere los, aber in diesem Moment ruft jemand: *Anna und die Liebe,* Klappe, die erste.«

Auf der anderen Straßenseite kommen drei andere hübsche Mädchen mit blonden Pferdeschwänzen lächelnd auf mich zugerannt und rufen im Heidi-Klum-Falsett: »Super, schön gelaufen.«

»Was?«, stammle ich.

Die Mädchen lachen laut auf. »Ach, wir brauchten nur einen empörten Spießer, der über die Straße läuft. Ham Sie gut gemacht«, sagt eins der Mädchen lachend. Ich bin übrigens die Johanna, Praktikantin bei SAT.1, das sind meine Kolleginnen Annabelle und Ann-Kathrin.« Die zwei anderen Mädchen machen einen Knicks und lachen.

»Seid ihr vielleicht alle Geschwister bei SAT.1?«, frage ich.

»Wir sind eine große Familie«, rufen die Mädchen gut gelaunt. »Wir können hier innovative Skills erlernen, kreativ mitarbeiten und effizient Erfahrungen im Medienbereich sammeln.«

Plötzlich bin ich sehr müde. Wenn Menschen wie in BWL-Seminaren reden, werde ich immer schläfrig. Ich bin so unendlich müde, vielleicht schlafe ich schon wieder ...

»Hallo, mein Schöner, schläfst du etwa?«, ruft eins der Mädchen, keine Ahnung welches. Ich nehme mich zusammen und gehe nach Hause ins Bett. Die Mädchen blicken mir lachend hinterher.

Am nächsten Morgen gehe ich zum Bäcker.

»'tschuldigung«, sagt ein Mann vor der Bäckerei. »Sie können jetzt nicht zum Bäcker gehen.«

Der Mann trägt eine gelbe Warnweste und ein Walkie-Talkie, das an seinem rechten Ohr festgewachsen scheint, und blickt mich sehr wichtig an.

»Aber warum nicht?«, frage ich entgeistert. »Ich will mir doch jetzt sofort einen Laugenkringel kaufen.«

»Wir drehen hier einen Film«, sagt der Mann.

Mhh, denke ich, das war mir gleich komisch vorgekommen, als ich gerade aus meiner Haustür getreten bin und ein brennender Bus auf der Wrangelstraße stand, der von mehreren sehr großen Kameras gefilmt wurde. Kann ja mal vorkommen, habe ich gedacht, außerdem ist noch früher Morgen und ich bin noch sehr, sehr müde. Eigentlich könnte ich noch weiterschlafen ...

»Hallo! Sie! Schlafen Sie denn noch oder was?«, schreit der Mann in mein Ohr. »Ham Sie nicht gehört? Wir drehen hier einen Film.«

»Wir? Ich sehe schon, Sie haben im Bereich der Dreharbeiten eine sehr verantwortliche Tätigkeit zu verrichten«, sage ich leise aus meinen Träumen langsam hervorkletternd. »Ihre Aufgabe ist anscheinend, hilflose Passanten wie mich um ihren ihnen rechtmäßig zustehenden Laugenkringel zu bringen.«

»Genau«, sagt der Mann und holt eine schwarze Filmklappe hinter seinem Rücken hervor und ruft laut: »*Passant vom Kauf eines Laugenkringels abbringen,* Klappe, die erste.«

Er klappt die Klappe direkt vor meiner großen Klappe zusammen. Es gibt einen lauten Knall. Zu Tode erschrocken renne ich nach Hause. Als ich wieder in meiner sicheren Wohnung sitze, rufe ich sofort Sebastian an.

»Sebastian«, schreie ich, noch bevor er sich melden kann, »sie drehen schon wieder einen Film. Immer drehen sie Filme in Berlin. Man weiß schon gar nicht mehr, was real ist und was nur Kulisse.«

»Ich bin nicht Sebastian«, sagt eine leise weibliche Stimme. Es ist eine sehr schöne, dunkle, aber klare Stimme.

»Aber wer dann?«, rufe ich überrascht.

»Bei Ihrem Freund Sebastian in der Wohnung wird gerade ein Film gedreht«, sagt die laszive Frauenstimme. Sofort sinke ich wie erschlagen auf mein Bett nieder. Schöne Frauen machen mich immer schläfrig. Genauso wie mich hässliche Frauen schläfrig machen. Und auch Männer, schöne wie hässliche. Überhaupt machen mich Menschen schläfrig, egal ob sie schön, hässlich, langweilig, interessant, alt oder jung sind. Wenn ich es mir recht überlege, macht mich eigentlich alles im Leben schläfrig. Und jetzt könnte ich mich eigentlich auch gleich noch mal hinlegen ...

»Hören Sie noch, oder sind Sie eingeschlafen«, haucht die dunkle Frauenstimme. Ich schrecke auf. »Natürlich, ich schlafe mit Ihnen«, rufe ich. »Ich meine: Ich schlafe mitnichten.«

»Ihr Freund Sebastian ist leider nicht zu Hause«, sagt die Frauenstimme.

»Er ist nicht mein Freund«, schreie ich zu laut auf. »Also schon ein Freund, aber nur platonisch, wir sind nicht, wie soll ich sagen ...«

»Das habe ich mir schon gedacht«, sagt die wunderbare Stimme. Leider sagt sie nicht, was sie sich schon gedacht hat. Sie könnte sich ja zum Beispiel schon gedacht haben, dass ich ein peinlicher Volldepp bin und für sie als Sexualpartner nicht infrage käme. Ich beschließe, in die Offensive zu gehen.

»Was für einen Film drehen Sie denn?«, frage ich mit fester Stimme und hoffe, sie sagt jetzt »Erotik-Thriller« oder wenigstens »französischer Liebesfilm«.

»Wir drehen hier einen Film mit dem Namen *Jemand ruft an und verliebt sich in die Stimme am anderen Ende der Leitung.*«

Ich lege sofort auf, aber gerade noch höre ich wie wieder jemand ruft: »Klappe, die erste.«

Erschöpft lege ich mich auf mein Bett. Permanent scheinen in Berlin Filme gedreht zu werden. Jetzt werden mir auch einige Ereignisse der letzten Tage plötzlich klar. Vorgestern in der Bar hatte ich mir zum Beispiel nichts dabei gedacht, als dieser Mann mit dem Clipboard in der Hand mich mehrmals hintereinander gebeten hat, doch den Bierkauf zu wiederholen und dabei immer schön in die Kamera zu lächeln. Oder letzte Woche in der U-Bahn, als ein Mann mit einem Umhang, auf dem eine Fledermaus gedruckt war, versucht hatte, einen seltsam grinsenden Mann in einem Clownskostüm zu verprügeln.

Ganz Berlin ist ein Filmset geworden und ich bin nur noch Statist in meinem eigenen Leben. Was für ein trauriges Bild für meine Existenz. Sofort schlafe ich weinend ein.

Da klingelt es an der Tür. Ich wanke schlafenstrunken zur Tür und öffne. Es ist Sebastian.

»Sebastian«, rufe ich, »zum Glück kommst du. Ich weiß nicht mehr, was real ist oder nur Film, ich weiß nicht mal mehr, ob ich noch schlafe oder schon wach bin.«

»Vielleicht sind wir ja auch in einem Traum von dir«, sagt Sebastian kryptisch. Vielleicht ist dieser Traum nur designt worden, um dir eine bestimmte Idee einzupflanzen.«

»Aber was für eine Idee könnte das sein?«, frage ich.

»Vielleicht, dass du dir endlich mal einen Job suchen solltest?«, sagt Sebastian.

»Da steckt bestimmt mein Vater dahinter«, rufe ich empört. »Er hat dich angestiftet, in meinen Traum einzuschlüpfen und mich dazu zu bringen, eine Lohnarbeit zu suchen, damit er mir nicht länger Geld zahlen muss.«

»Genau so ist es«, sagt Sebastian und lässt sich auf mein Sofa fallen. »Deswegen habe ich auch Bier mitgebracht, damit du dich besser für eine geeignete Tätigkeit entscheiden kannst.« Sebastian packt ein Sixpack Beck's Green Lemon aus.

»Aber es ist doch noch Morgen, da können wir doch kein Bier trinken.«

»Es ist schon halb zehn abends«, sagt Sebastian. »Außerdem ist das genau genommen ja gar kein richtiges Bier.«

»Na, dann«, sage ich.

»Na, dann«, sagt Sebastian, und wir trinken.

»Ich könnte mich bei *Anna und die Liebe* als Anna bewerben«, sage ich nach einer Weile.

»Als Anna?«, fragt Sebastian.

»Ja«, sage ich, »als Liebe wollten sie mich nicht.«

»Traurig«, sagt Sebastian.

»Sehr traurig«, sage ich und schlafe friedlich ein, denn Mischbier macht mich immer so müde.

13

BERLINO

Ich spaziere durch Kreuzberg und überlege, was für einen Job ich mir denn wirklich suchen könnte. Vielleicht sollte ich Dichter werden, denke ich, dann bin ich zwar auch arbeitslos, würde sich aber cooler anhören: »I'm a poet«, sage ich leise vor mich hin. »I live in Berlin and I'm a poet.« Nicht schlecht.

Plötzlich kommt ein Mann aus der Rocker-Bar *Wild at Heart* rausgerannt, der statt Ohren zwei riesige Löcher hat. Es ist ein sogenannter Rockabilly-Anhänger. Er schaut mich lange von oben bis unten an, dabei fährt er mit seinem Kopf mehrere Male hintereinander an mir hoch und runter, so nah, dass seine Nase, in der etwa zwei Dutzend Metallringe stecken, mich fortwährend wie ein Staubsauger abfährt.

Auf einmal schreit er mich an: »Überall diese Touristen. Hört das denn nicht mehr auf. Geh doch nach Hause und mach da deine Kunst. Berlin den Berlinern.«

Dann rennt der Anhänger in den nächsten Tattoo-Laden und lässt sich auf seine stolze Rockabilly-Brust den Schriftzug »arm, aber sexy« tätowieren.

»Ich bin ein Berliner«, sage ich (leider mit amerikanischem Akzent), aber niemand hört mich. Geschockt stehe ich noch eine Weile vor dem *Wild at Heart* rum. Ist das wirklich passiert? Mir, dem Berlin-Poeten. Wurde ich gerade wirklich für einen der unzähligen Touristen gehalten? Das ist doch vollkommen unmöglich, ich lebe doch schon acht Jahre in Berlin. Länger als die meisten Bewohner vom Prenzlauer Berg auf der Welt sind. Ich schaue mich um, aber ich kann nirgendwo eine Kamera oder ein Filmteam sehen.

Da kommt auf einmal ein anderer Mann auf mich zu. Er trägt eine enge Röhrenjeans und hat eine Ray-Ban-Sonnenbrille auf. Er sieht im Prinzip genauso aus wie ich. Direkt vor seiner Nase hält er einen Reiseführer, auf dem »Berlino« draufsteht. Weil er deswegen nichts sieht und ich natürlich nicht einem blöden Touristen ausweiche, läuft er einfach an mich dran.

»Sorry«, sagt er zu mir.

»Kein Grund, sich zu entschuldigen«, sage ich. »Du kannst ja jetzt immer noch sofort ganz schnell wegrennen, bevor du anfängst, mich richtig zu nerven.«

»I'm looking for the club called *Berghain*, but there's no mountain in whole Berlino«, sagt der Tourist.

Ich blicke ihn böse an, aber er sagt: »Oh, I see, you are a tourist, too. Yeah, you really look like a tourist with your narrow jeans.«

»No, no«, sage ich schnell, »I live here.«

»I live here, too«, sagt der Tourist. »Just over there in the hostel.« Er deutet auf ein Haus, auf dem, wie auf allen anderen Häusern in Kreuzberg auch, ein Schild mit der Aufschrift »Hostel – W-Lan for free« angebracht ist.

»No, no«, schreie ich hysterisch, »I live here for real.«

Der Tourist schaut mich verständnislos an und sagt, indem er sich jetzt endgültig von mir abwendet: »I also live real, not in a computer.« Dann läuft er weg.

Ich gehe schnell zum nächsten U-Bahnhof und fahre in den Wedding, da gibt es bestimmt keine Touristen. Mir gegenüber sitzen etwa dreißig Jugendliche, die alle Flip-Flops und hochgekrempelte Jeans tragen, außerdem haben sie alle lange schwarze Haare und sprechen fließend spanisch. Aus ihren riesigen Trekking-Rucksäcken ragen unzählige Flaschen Augustiner-Bier heraus. Das sind bestimmt Berliner, denke ich.

»Sie sind bestimmt Berliner«, sage ich zu den dreißig Jugendlichen.

»Hola, hombre, Augustiner, olé, olé«, sagen die Jugendlichen.

»Ach, das wusste ich doch«, sage ich. »Ich finde Ihre Stadt ja ganz wunderbar. Zwar ein wenig heruntergekommen, das muss ich schon sagen. Aber gerade da steckt auch das große kreative Potenzial.«

»Hola, hombre, Berlino«, sagen die Jugendlichen.

»Gerade im Kunstbereich ist Berlin inzwischen ja führend in der Welt«, rede ich weiter, »was sicher auch an den günstigen Mieten liegt. Und natürlich an dem ganz besonderen multikulturellen Flair, gerade in den sogenannten Problembezirken. Na ja, wohnen wollt ich da nicht, aber für ein Wochenende ...«

»Hola, olé, hola«, sagen die Jugendlichen.

»Das sehe ich ähnlich, Berlin ist für mich ein großer Melting Pot der Emotionen, man denke nur an das Nachtleben, so vielfältig, so überraschend. Arm, aber sexy, könnte man sagen. Ha ha.«

Ich lache.

Die Jugendlichen lachen nicht.

Auf einmal beugt sich einer der Jugendlichen zu mir vor und sagt: »Entschuldigung, wir sind gar keine Berliner, wir haben uns nur als Berliner verkleidet. In Wirklichkeit sind wir nordkoreanische Austauschstudenten, aber wegen der angespannten politischen Lage müssen wir inkognito reisen.«

»Oh«, sage ich überrascht, »Nordkorea, das ist ja hochinteressant. Was ich mich schon immer gefragt habe, gibt es in Nordkorea eigentlich politische Talkshows? Ich stelle mir das ja grotesk vor, bei nur einer politischen Partei. Sitzen da dann einfach fünf genau gleich aussehende Nordkoreaner in grauen Hosenanzügen in einem grauen Studio im 70er Jahre DDR-Stil? Und einer der Herren sagt: ›Unser großer geliebter Führer Kim Jong Un ist der größte Führer der Welt.‹ Alle anderen Herren nicken höflich, bis die hübsche Moderatorin, die allerdings ebenfalls einen grauen Hosenanzug trägt, einem anderen Herren das Wort erteilt, der freundlich sagt: ›Ich sehe das vollkommen anders, denn unser überaus großer und geliebter Führer Kim Jong Un ist der allergrößte Führer aller Zeiten.‹ Dann gibt es ein paar Einspieler, die nette ältere Herren in weißen Kitteln zeigen, wie sie in einem Atommeiler mit seltsam antiquierten technischen Geräten Uran anreichern, gegengeschnitten mit Bildern von George W. Bush, der in Nordkorea immer noch Präsident der USA ist. Nach dem Einspieler sagt nun einer der Herren aufgebracht, dass Amerika übrigens der größte Feind aller Zeiten ist, den es auszurotten gilt, aber der größte und liebste Führer Kim Jong Un werde diese Aufgabe sicher bald erfolgreich erledigt ... Da fällt ihm aber einer der anderen Herren ins Wort: ›Ich kann nicht glauben, was Sie da sagen: Amerika ist doch der allerschlimmste Feind aller Zeiten, den es auszurotten gilt, und der größte und liebste Führer Kim Jong Un wird dieses Ziel mit höchster Gewalt verfolgen‹. Jetzt ist das ganze Studio in Aufruhr, alle reden durcheinander, man hört nur noch die Wörter ›Kim‹ und ›Amerika‹ und ›ausrotten‹, dann bricht die Moderatorin das Gespräch ab und leitet zu den nordkoreanischen Nachrichten über, bei denen noch genauer ausgeführt wird, warum Kim Jong Un so ein großer und lieber Führer ist.«

Erschöpft von meinem Monolog sinke ich auf dem U-Bahnsitz in mich zusammen.

Der nordkoreanische Student fragt beeindruckt: »Sie sind Dichter, oder?«

»Und wie«, sage ich.

14
DIE ANNA-ROLLE

Manchmal bin ich mir gar nicht so sicher, ob die Hausfassade gegenüber überhaupt echt ist, ob dahinter wirklich Wohnungen sind mit Leuten, die darin wohnen oder ob es nur Fassaden sind, mit Holzgerüsten dahinter wie in einer alten Westernfilmstadt. Kulissen, die jemand dorthin gestellt hat, nur für mich. Keine Ahnung, warum das jemand machen sollte, aber manchmal kommt mir die Realität ein bisschen abhanden, dann weiß ich nicht mehr so genau, was wirklich ist oder nur eingebildet.

Es ist schon spät. Ich saß mal wieder zu lange am Fenster, habe Musik gehört und auf das untere Ende der Wrangelstraße geschaut. Bald hat diesen Ausblick nur noch der Porsche von meinem Vermieter Herrn Schmidt. Nicht mehr lange, dann muss ich dem Carloft Platz machen und in eine neue Wohnung ziehen. Aber das wird wahrscheinlich auch nichts ändern, es werden nur neue Kulissen vor mein Fenster gerollt.

Ich gehe zum Schreibtisch und werfe den Laptop an. Immer wenn mich ein Anflug von Depression überkommt, schaue ich mir eine Folge *Raumschiff Enterprise* im Internet an. Heute mache ich aber etwas Komisches: Unwillkürlich klicke ich auf die Homepage meiner Uni. Bewegungen im Internet folgen ja einer ganz eigenen Logik, die ich noch nicht durchschaut habe, oder, wie man es nimmt, einfach keiner Logik. Immer, wenn ich irgendwo einen Button sehe, auf den man draufklicken kann, öffnen sich in meinem Gehirn schon die ganzen potenziellen Seiten, die hinter dem Button stehen könnten, wie die vorausberechenbaren Züge beim Schachspielen. Ich kann zwar nicht richtig Schachspielen, aber Surfen kann ich ziemlich gut. Yeah. Also klicke ich auf jeden Button, der mir in die Quere kommt. Und das sind nicht gerade wenige.

Im Netz gibt es sogar den Zurück-Button, den man sich im realen Leben so oft wünscht. Alles kann irgendwie rückgängig gemacht werden, und Konsequenzen gibt es erst, wenn der standardisierte Brief einer Hamburger Anwaltskanzlei in den realen Briefkasten im Treppenhaus flattert, mit der Androhung einer hohen Geldstrafe für die illegal downgeloadeten *Enterprise*-Folgen.

Jetzt habe ich also den »Career Service« meiner Uni angeklickt. Eigentlich sollte ich da mal persönlich vorbeigehen, um mich beraten zu lassen, was für Jobs nach meinem sinnlosen, überlangen Geisteswissenschaftsstudium für mich nicht infrage kommen. Um es positiv auszudrücken: fast alle. Aber irgendwie habe ich keine Energie. Es ist fast so: Je weniger ich zu tun habe, desto weniger Energie habe ich, überhaupt etwas zu tun. Also nur Internet.

Im Internet steht eine Praktikumsanzeige der Online-Drogerie »Alles Anna«: Es werden »kreative, innovative, effiziente, belastbare, dynamische und begeisterungsfähige junge Berufseinsteiger gesucht, die Lust auf neue Herausforderungen haben.«

Ich überlege, welches Adjektiv nicht auf mich zutrifft. Um es positiv auszudrücken: fast alle. »Alles Anna« will also alles, was ich nicht bin. Wahrscheinlich sogar, dass ich mich in »Anna« umbenennen lasse. Das wäre dann eine neue Kulisse, in der sich mein Leben abspielen könnte, das wäre eine neue Rolle, die ich spielen müsste. Schön effizient und effektiv sein. Nicht mehr die altbekannte Studenten-Rolle: Die Seminare so legen, dass Montag und Freitag frei sind und vielleicht auch der Dienstag und der Donnerstag, aber am Mittwoch auch nicht vor 14 Uhr an der Uni auftauchen müssen. Diese Rolle hat sich ausgespielt. Aber die neue Anna-Rolle ist auch nicht gerade auf mich zugeschnitten.

Diese ganzen Bullshit-Wörter in den Stellenanzeigen sagen doch im Prinzip nur: Mach alles, was wir wollen, und kriege dafür kein Geld. Dann kann ich doch ebenso gut alles machen, was ich will, und dafür kein Geld kriegen. Das macht mich ganz schön aggressiv, aber leider habe ich viel zu wenig Energie, etwas dagegen zu tun.

Wenn ich es mir recht überlege, gibt es nur noch eine Sache, bei der ich Energie aufbringen kann, und das ist Hass. Nur mein Hass ist effizient, dynamisch und begeisterungsfähig. Ich hasse immer mehr und immer gewalttätiger. Früher, wenn ich jemanden gehasst habe, zum Beispiel spanische Touristen, die nachts vor meiner Wohnung »Hola, ficken, Bier, Bier, Augustiner, Berlino, ficken« geschrien haben, da habe ich mir nur vorgestellt, diese durch einen gezielten Schuss zwischen die Augen mit einem Scharfschützengewehr zu töten. Inzwischen denke ich eher an große Panzerfäuste, mit denen ich möglichst viele Menschen auf einmal töten könnte.

Ich brauche eine Rolle, die ich spielen kann. Aber bitte keine Anna-Rolle. Ich habe das Gefühl, das ist so eine neue Alterserscheinung meiner Generation, wenn es so etwas überhaupt gibt wie »meine Generation« und wir keine Mischbier-Generation sind: Wir brauchen etwas, mit dem wir uns identifizieren können. Nicht mehr so wie früher, als wir jung waren, siebzehn oder so, und Rockstar werden wollten. Wir brauchen kein Vorbild, keine Person, sondern eine Idee, der wir folgen können, eine Idee von uns selbst am besten. Es könnte auch mit Kunst zu tun haben. Wir wollen ja alle irgendetwas mit Kunst machen, weil Kunst zwar nutzlos ist, aber Sinn gibt im Leben. Aber statt Kunst machen wir heute Vorabendserien. Wir wollen etwas ausdrücken. Auch wenn wir nicht wissen, was genau. Wir haben etwas zu sagen. Aber was eigentlich? Vielleicht, dass wir nichts zu sagen haben. Aber das haben auch schon zu viele vor uns gesagt.

Ich suche weiter im Internet. Eine Stellenanzeige scheint ausnahmsweise ganz gut zu sein, sie lautet:

»Wir suchen schläfrige, schnell gelangweilte und überforderte Mitarbeiter, denen es ziemlich egal ist, was sie machen, Hauptsache sie müssen nicht früh aufstehen. Einmal im Monat sollten Sie vielleicht mal eine ganz gute Idee haben, aber natürlich nicht die nötige Ausdauer und Energie, sie auch auszuführen. Rufen Sie einfach an.«

Nach etwa sieben Stunden Vor-dem-Computer-Rumgammeln habe ich endlich genug Energie anzurufen.

»Sie haben den Job«, sagt eine nette Mitarbeiterin am anderen Ende der Leitung. »Sie waren der erste unserer potenziellen Kandidaten, der es geschafft hat, sich aufzuraffen und anzurufen.«

»Cool«, sage ich, »was muss ich jetzt machen?«

»Legen Sie sich hin und schlafen.«

»Das hatte ich ohnehin vor«, sage ich, lege mich in mein Bett und schlafe sofort ein.

15
RAIDER HEISST JETZT TWIX

»Wann sind Sie geboren, Herr Lehmann?«, fragt mich die Frau vom Bürgeramt an der Schlesischen Straße. Ich zucke zusammen. Ich werde mich nie daran gewöhnen, dass mich jetzt alle »Herr Lehmann« nennen.

»Können Sie mich bitte nicht ›Herr Lehmann‹ nennen«, sage ich. »Das erinnert mich immer an dieses Buch, das ich gerade kopiere. Sie können mich zum Beispiel ›Herr Regener‹ nennen.«

»Aber Sie heißen doch Lehmann?«, fragt die Frau vom Bürgeramt und streicht sich ihren Damenbart zurecht.

»Wie auch immer«, sage ich ungeduldig. »Können Sie mir jetzt einen neuen Ausweis ausstellen?«

»Da müssen Sie mir schon sagen, wann Sie geboren sind, Herr Lehmann«, sagt die Damenbart-Frau.

Ich zucke zusammen. »Jetzt hören Sie doch endlich auf, mich ›Herr Lehmann‹ zu nennen, ich bin doch noch nicht dreißig«, rufe ich.

»Wirklich?«, ruft der Damenbart, »Sie haben doch schon graue Haare.«

»Sie auch.« Ich deute auf ihren Mund.

Da kommen auf einmal zwei Sicherheitsbeamte aus einem Aktenschrank gestürmt, heben mich an beiden Armen hoch und tragen mich aus dem Bürgeramt. Beamtenbeleidigung, sagen sie, ich könne meinen neuen Ausweis erst mal vergessen.

Jetzt stehe ich wieder draußen auf der windigen Schlesischen Straße. Ich werde mich noch schlimm erkälten.

Ich schlendere nach Hause und frage mich, warum ich nicht gesagt habe, dass ich 1982 geboren bin. Vielleicht weil 1982 schon so lange her ist, was ja bedeutet, dass mein Auf-die-Welt-Kommen auch schon lange her ist. 1982 hat Helmut Schmidt die BRD regiert. Ich selbst wurde noch von Helmut Schmidt regiert, zwei Monate lang. Dann setzte sich der dicke Helmut auf die 80er Jahre drauf wie ein böser Buddha, und alles wurde schwarz.

Obwohl ich in den 80ern geboren wurde, bin ich aber natürlich ein Kind der 90er Jahre. Wenn die 90er ein Motto hätten, dann wäre es übrigens bestimmt »Raider heißt jetzt Twix«. Ich hatte selten so einen hartnäckigen Ohrwurm wie diesen Werbespruch. Eigentlich ist es auch bezeichnend, dass man die 90er mit einem Werbespruch verbindet. Die 80er waren zum Beispiel noch viel politischer, damals skandierte die Jugend »Atomkraft? Nein Danke«. In den 60ern war es natürlich komplizierter und universitärer: »Unter den Talaren der Muff von tausend Jahren« und in den 40ern rief die Jugend, ebenfalls sehr politisch: »Heil Hitler!« Dann doch lieber »Raider heißt jetzt Twix«.

Plötzlich höre ich jemanden unter mir schreien: »Hey Mann, pass doch auf!«

Ich blicke nach unten und sehe den kleinen, vorlauten Jungen aus dem Görlitzer Park. Ich muss an ihn dran gelaufen sein, als ich in meinen 90er-Jahre-Erinnerungen geschwelgt habe und aus Versehen in Richtung Görlitzer Park geschlendert bin. Der Junge blickt mich wieder völlig ausdruckslos an, und ein Erziehungsberechtigter ist ebenfalls weit und breit nicht zu sehen. Der einzige Unterschied zu unserer letzten Begegnung ist, dass auf seiner Stirn jetzt ein Beck's-Green-Lemon-Etikett klebt.

»Hartz IV beantragt, was?«, fragt der Junge und deutet in Richtung Bürgeramt.

So jung und schon so ein Arschloch. »In deinem Alter habe ich noch Respekt vor Älteren gehabt«, sage ich.

»Och, Opa, das tut mir unendlich leid«, sagt der Junge.

»Was für ein Jahrgang bist du denn überhaupt?«, frage ich, »2004?«

»Ich bin am 11. September 2001 geboren«, sagt der Junge.

»Das kann doch kein Zufall sein«, sage ich. »Mit dir ist alles Böse in die Welt gekommen.« So, jetzt habe ich es dem kleinen Klugscheißer mal gezeigt.

»Und du? Jahrgang 82, oder? Dann bist du jetzt wohl Ende zwanzig. Und immer noch arbeitslos.«

Ich sacke in mich zusammen. Der Junge hat mich wieder an meinem wundesten Punkt getroffen. Jetzt grinst er mich böse an. Das ist die erste Gefühlsregung, die ich in seinem Gesicht erkennen kann. Woher weiß er denn schon wieder, wann ich geboren bin, frage ich mich. Bin ich wirklich so leicht durchschaubar?

»Du bist wirklich so leicht durchschaubar«, sagt der Junge. »Man sieht doch sofort, dass du ein Kind der 90er bist. Ziellos rumgammeln als Lebensziel, das haben euch eure 68er-Eltern eingeimpft.« Sein Gesicht ist wieder vollkommen ausdruckslos.

»Die 90er waren nicht so schlecht«, rufe ich. »Die Musik zum Beispiel. Elliott Smith hat mein Leben verändert.«

»Na klar«, sagt der Junge, »mit zwölf hast du dir deine erste Elliott-Smith-Platte gekauft? Das glaubt dir doch keiner, du hast höchstens Joshua Kadison gehört.«

»›Picture Postcards from L.A.‹ war ein super Lied«, sage ich beleidigt.

»Genauso wie ›I Swear‹ von *All-4-One* oder wie?« Woher kennt der Junge nur diese ganze alte Musik? Das war übrigens auch so ein 90er-Ding, denke ich: Ziffern in Bandnamen. *Boys II Men* fällt mir da noch ein, die klangen auch genau wie *All-4-One*. Oder die *4 Non Blondes*.

»Hallo! Bist du noch da? Wir unterhalten uns.« Der Junge bohrt seinen ausgestreckten Zeigefinger in meinen Bauch.

»What's up?«, frage ich.

»Uhu, ein Songtitelwitz, sehr einfallsreich«, sagt der Junge.

»Musst du eigentlich nicht arbeiten?«, frage ich den Jungen, um den Spieß umzudrehen.

»Da haben Sie recht, Herr Lehmann«, sagt der Junge. Ich zucke zusammen. Woher weiß der jetzt denn wieder meinen Nachnamen?

»Einer muss ja was machen, um Deutschland nach vorne zu bringen, wenn deine Generation nur noch faul im Bett liegt, Herr Lehmann«, sagt der Junge. Dann wendet er sich von mir ab und marschiert die Schlesische Straße hinunter.

Ich gehe nach Hause und bestelle mir meine erste Elliott-Smith-Platte. Mal sehen, ob der so gut ist, wie alle immer sagen. Dann höre ich mir »Picture Postcards from L.A.« an, die CD habe ich ja noch von früher. Wirklich ein guter Song.

16

DER ANDERE SEBASTIAN

Der andere Sebastian ist zu Besuch in Berlin. Ich kenne ihn noch aus Freiburg. Wir gingen in dieselbe Klasse auf dem Gymnasium. Wir waren drei Sebastiane in der Klasse: ich, Sebastian und der andere Sebastian.

Der andere Sebastian war immer der Beste von uns. In allem. Ich war in der Schule immer so mittelmäßig, nicht der Klassendepp, aber auch nicht einer von den Coolen. Ich war dabei. Sebastian dagegen war nicht mal dabei, sondern einfach immer der Arsch. Keine Ahnung warum. Aber Kinder sind böse und das Schlimmste an ihnen ist: Sie brauchen nicht einmal einen Grund dafür. Nach der Mittelstufe legte sich das dann allmählich. Sebastian und ich wurden Freunde, entdeckten *Oasis,* und uns war ziemlich egal, was die anderen von uns dachten. Die dachten ja ohnehin nicht an uns, schon gar nicht die Mädchen. Die dachten nur an den anderen Sebastian, wenn der Name Sebastian fiel. Der andere Sebastian war schon damals erfolgreich, dynamisch, innovativ und begeisterungsfähig. Er war Chefredakteur der Schülerzeitung und mit der Schulschönheit Anna zusammen, die sogar eine Klasse über uns war.

Aus irgendeinem mir unbekannten Grund fand mich der andere Sebastian aber nett. Ich fand ihn auch nett, beziehungsweise ich hatte nicht viele Freunde, da konnte ich nicht wählerisch sein. Also wurden wir so etwas wie Freunde, und immer wenn er jetzt nach Berlin kommt, ruft er mich an. Und weil ich immer Zeit habe, treffen wir uns und gehen zum Beispiel auf einen Kunstevent, über den der andere Sebastian schreiben muss. Der andere Sebastian ist jetzt nämlich richtiger Journalist. Er schreibt für eigentlich alle Zeitungen in Deutschland, der Schweiz und Österreich. Er ist ein Star-Autor. Er wohnt in München. Natürlich. Er ist auch hübsch und gut im Bett. Habe ich gehört. Mehrmals. Außerdem weiß er natürlich, dass ich im Moment kein erfolgreicher Journalist bin, sondern eher so – nichts.

»Sebastian, komm doch mit auf diesen Kunstevent, da kannst du vielleicht ein paar Kontakte knüpfen, hättest es ja nötig«, sagt der andere Sebastian, als er mich anruft. Er meint es sicher nur gut, denke ich.

Ich hatte in letzter Zeit fast nichts mehr von ihm gehört, weil er nur noch den ganzen Tag Artikel in München schreibt und gar nicht mehr nach Berlin kommt. Ich schreibe auch den ganzen Tag. Zum Beispiel den Einkaufszettel. Manchmal schreibe ich auch Artikel vom anderen Sebastian ab, um seinen Rhythmus zu erfassen. Ich wollte ja auch einmal Journalist werden. Das ist jetzt vorbei.

Der Kunstevent findet in einer kaputten Fabriketage in Berlin-Mitte statt, die von einem reichen Kunstsammler extra auf den Stand von 1944 zurücksaniert wurde. Zwischen den unverputzten Wänden stehen schöne Menschen in teuren Anzügen oder Abendkleidern rum, die aber seltsamerweise alle riesige, kaputte Bauarbeiterstiefel tragen, und trinken Sekt mit Aperol. Solche Events machen mich immer verlegen, und ich schaue auf meine Schuhe. Der andere Sebastian schaut aber immer allen Menschen ins Gesicht, vor allem den wichtigen. Deswegen kommt er auch immer sofort mit ihnen ins Gespräch und kann Kontakte knüpfen. Vielleicht ist das der Unterschied zwischen mir und dem anderen Sebastian: Ich schaue auf die Schuhe, und er schaut auf die Welt.

»Bist du eigentlich immer noch mit Anna zusammen?«, frage ich den anderen Sebastian.

»Mit welcher?«, fragt er zurück und lacht. »Annas gibt's echt fast so viele wie Sebastians.« Jetzt lacht er noch lauter. Die umstehenden Kunstleute beginnen in sein Lachen einzustimmen, obwohl sie gar nicht zugehört haben. Ich lache auch, damit ich nicht auffalle. Dann lache ich aber etwas zu laut, und alle gucken mich doch wieder an.

Vielleicht schauen mich auch alle an, weil ich keinen teuren Anzug anhabe. Der andere Sebastian trägt dagegen wie immer einen perfekt sitzenden Acne-Anzug. Er sieht sehr hübsch darin aus. Schon als wir vorhin den Kunstevent betreten haben, konnte ich ein paar Mitte-Models dabei beobachten, wie sie erst auf den anderen Sebastian gezeigt und dann gesagt haben: »Der ist bestimmt gut im Bett.«

»Warum schaust du eigentlich die ganze Zeit auf deine Schuhe?«, fragt der andere Sebastian.

»Ich bin halt ein Shoegazer«, sage ich, weil ich auch mal einen Witz machen will. »Weißt du, wie diese Musikrichtung in den frühern 90er Jahren ...«

»Ich weiß«, unterbricht mich der andere Sebastian, »darüber habe ich mal einen Artikel geschrieben ...«

Dann beginnt plötzlich der Kunstevent. Ungefähr zehn nackte und mit Farbe bemalte Chinesinnen wälzen sich in Ochsenblut. Ich höre, wie der andere Sebastian vor sich hin murmelt: »Stark, dieser Ausdruck« und sich gleich ein paar Sätze in sein Moleskine-Notizbuch schreibt. Ich will mir auch Notizen machen, aber ich habe kein Notizbuch, sondern finde in meiner Jackentasche nur einen Einkaufszettel. Egal, denke ich und schreibe unter »Milch« und »Joghurt« noch »Ochsenblut« dazu.

Die Kunstevent-Performance geht sehr lange, und meine Gedanken schweifen etwas ab. Kürzlich hatte ja John Lennon Geburtstag oder Todestag oder beides, und im Fernsehen kam eine Dokumentation über ihn, bei der alle seine Jugendfreunde von der tollen Zeit mit dem Genie John Lennon erzählten. Sie sahen alle alt und beschissen aus, und der einzige Höhepunkt in ihrem Leben war, zufällig mal John Lennon getroffen zu haben. Da habe ich mir vorgestellt, wie in fünfzig Jahren auch mal eine Dokumentation über den anderen Sebastian gedreht wird, und ich dann befragt werde und sage: »Ja, das war eine tolle Zeit damals mit dem anderen Sebastian, wir waren beste Freunde und in Wirklichkeit habe ich alle seine Artikel geschrieben, weil er die ganze Zeit nur Sex mit Schwabinger Models hatte. Schlimm auch, dass er dann schon so früh von einem Geisteskranken vor seinem großen Haus erschossen wurde.«

Anscheinend scheint jetzt die Kunstevent-Performance zu Ende zu sein, denn die Chinesinnen sind verschwunden, und der andere Sebastian talkt mit einem wichtig aussehenden Armani-Anzugträger. Ich schaue auf meine Schuhe. Es sind schöne Schuhe. Da fällt mir ein, dass mir der andere Sebastian bei seinem letzten Besuch in Berlin diese Schuhe geschenkt hat. Es waren teure Schuhe, aber er hatte sie sich eine Nummer zu klein gekauft, deswegen hat er sie mir geschenkt. Na ja, verkauft. Mir sind sie allerdings etwas zu groß. Was für ein trauriges Bild für unsere ungleiche Beziehung, denke ich. Ich weine ein wenig. Zum Glück bemerkt es niemand, weil mich niemand beachtet. Der andere Sebastian ist inzwischen mit drei Models auf dem Klo verschwunden. Einsam gehe ich nach Hause und rufe sofort Sebastian an.

»Ich war gerade mit dem anderen Sebastian auf einem langweiligen Kunstevent«, sage ich.

»Warum denn das?«, fragt Sebastian, der noch nie etwas mit dem anderen Sebastian anfangen konnte.

»Ich fand ihn eigentlich immer nett«, sage ich leise.

»Du lässt dich wohl gern erniedrigen«, sagt Sebastian ungewohnt küchenpsychologisch.

Ich weiß nicht, was ich darauf sagen soll, und sage deswegen nichts.

»Zwei Sebastiane reichen«, sagt Sebastian. »Wir brauchen nicht noch einen anderen.«

»Vielleicht hast du recht«, sage ich.

»Immer«, sagt Sebastian.

»Was denkst du, wie würdest du heißen, wenn du ein Mädchen geworden wärst?«, frage ich.

»So wie du«, sagt Sebastian.

»Anna, vielleicht?«, frage ich.

»Warum nicht«, sagt Sebastian.

Wir schweigen uns noch ein wenig an, wie es nur gute Freunde können, ohne dass es peinlich wird. Dann legen wir auf.

dass ich dich auch nicht mehr verstehe, wenn wir ganz normal von Angesicht zu Angesicht reden«, sagt Sebastian. »Irgendwann wird deine Stimme undeutlicher, fängt an zu rauschen, und ich höre nur noch die Hälfte.«

»Was hast du gesagt?«, frage ich. »Ich hab gerade nicht zugehört.«

»Ach nichts«, sagt Sebastian. »Ich wollte dir eigentlich sowieso was ganz anderes erzählen: Ich habe Xenia wieder getroffen.«

»Xenia? War das die eine Barkeeperin?«

»Welche?«

»Das musst du doch wissen.«

»Ich höre dich so schlecht«, ruft Sebastian genervt. »Telefonieren wir vielleicht gerade? Xenia war doch meine erste große Liebe hier in Berlin.«

»Ich kann mich an nichts erinnern«, sage ich. Ich mache uns einen Tee und setze mich dann auch auf meine sehr schöne, große und bequeme Küchencouch. Das Unpraktische an einer Küchencouch ist übrigens, dass man sehr tief sitzt und deswegen meistens unter dem naturgemäß sehr hohen Küchentisch drunter durchguckt.

»Die Emo-Xenia kennst du doch«, ruft Sebastian.

»Nein«, sage ich, »ich kann mich an nichts erinnern. Ich bin, wie du weißt, sehr vergesslich.«

»Ja ja«, sagt Sebastian resigniert. »Jedenfalls ist sie mir vorhin über den Weg gelaufen. Sie ist jetzt gar nicht mehr emo, sondern ganz bunt angezogen, eher so der Bitch-Style.«

»Bitch-Style«, rufe ich. »Das kannste doch nicht so sagen, das ist doch frauenfeindlich.«

»Ja, mir doch egal, das heißt halt so. Jedenfalls ist die Xenia jetzt kein Emo mehr.«

»Traurig«, sage ich.

»Nein, eben nicht mehr«, sagt Sebastian.

Ich gieße uns beiden Tee ein und wir blicken nach draußen. Draußen regnet es wie immer.

»Du weißt wirklich nicht mehr, wer Xenia ist, oder?«, fragt Sebastian.

Ich tocke mit dem Zeigefinger an meine Stirn. »Alles weiß und leer. Aber erzähl doch mal.«

»Okay«, sagt Sebastian, »dann bin ich jetzt eben mal der Held einer Geschichte und nicht immer du.«

Sebastian setzt sich aufrecht hin, nimmt einen Schluck Tee und beginnt mit seiner Erzählung: »Ich lernte Xenia kennen, kurz nachdem ich nach Berlin gezogen war. Sie fiel mir sofort auf, wie sie da auf dem Hausdach an der Schlesischen Straße stand und sich umbringen wollte. Das war neben dem Arm-Aufritzen ihr liebstes Hobby. Natürlich sprang sie nie. Aber sie fühlte sich eben manchmal so emotional, dass sie von Hausdächern springen wollte. Zum Glück war ihre Freundin Sina meistens dabei und hielt sie vom Springen ab. Beide wechselten sich immer ab, an geraden Tagen durfte Xenia springen, und Sina hielt sie ab, an ungeraden andersrum. Sina war Xenias beste Freundin, und zusammen gingen sie immer in den *Magnet*-Club. Beide trugen ausschließlich schwarze Röcke mit kaputten Strumpfhosen und Hello-Kitty-Taschen mit Totenkopfbuttons. Ihre Haare waren schwarz gefärbt, die Augen sehr dunkel umrandet. Ich verliebte mich sofort.«

»Wer hätte das gedacht«, rufe ich aus. »Immer verliebt er sich sofort, der kleine Schwerenöter Sebastian.«

»Jetzt lass mich meine Geschichte weitererzählen«, lässt sich Sebastian nicht aus der Ruhe bringen. »Wie du weißt, hatten wir so was bei uns in Freiburg nicht: Emos. Da gab es doch nur blonde Fliesenlegertöchter, die jeden Abend zum Jazz-Dance gingen und Tierärztin werden wollten. Xenia war ganz anders – sie wollte später Totengräberin werden. Damals ging sie allerdings noch zur Schule. Sie war ja auch erst sechzehn. Jedenfalls erzählte sie das. Viel später fand ich heraus, dass sie gerade vierzehn geworden war und eigentlich Franziska hieß, aus Kleinmachnow kam und nur am Wochenende bei ihrer Cousine in Friedrichshain wohnte.«

»Aber wie hast du sie jetzt kennengelernt? Du warst doch damals noch so schüchtern«, rufe ich.

»Ich hatte mir natürlich einen perfekten Anmachspruch ausgedacht. Ich sagte also zu ihr, als ich sie mal wieder im *Magnet* sah: ›Ich finde, dein Sternchen-Tattoo auf dem Unterarm passt echt gut zu den blutigen Ritzspuren.‹ Ich sah in ihren großen schwarzen Augen, dass ihr das Kompliment gefiel. Aber da sie ein Emo war, musste sie ihr Wohlwollen mir gegenüber verbergen. ›Du hast den Totenkopf auf meinem Arsch noch nicht gesehen‹, sagte sie, begann zu weinen und rannte aus dem *Magnet* raus und hoch aufs nächste Hausdach.«

Ich springe von meiner Küchencouch auf und knalle mit meinem Kopf gegen den blöden Küchentisch.

»Wir sind wie eine Sitcom«, rufe ich. »Wie *Friends* oder so. Und das ist jetzt so ein Rückblick, bei dem man die Hauptfiguren früher sieht, als sie noch uncool waren und seltsame Frisuren hatten.«

Ich setze mich wieder hin und schlage dabei auch noch mein Kinn am Küchentisch an.

»Oder wie in diesem Buch ›Generation X‹ von Douglas Coupland oder wie der heißt, da erzählen die sich auch immer gegenseitig Geschichten.«

»Ich habe keine Ahnung, was du mir gerade sagen willst«, sagt Sebastian leicht genervt.

»Ach nichts, erzähl einfach weiter«, sage ich und mache es mir wieder, so gut es geht, auf der Küchencouch bequem.

Manchmal würde ich gerne in einer Sitcom leben oder in einem Generationsbuch. Da haben alle immer einen witzigen und interessanten Freundeskreis, und man sieht nur die Highlights von einem Tag, denn die Folge geht ja nur zwanzig Minuten. Das ganze langweilige Drumherum, also unser Leben, das gibt es nicht. Manchmal habe ich sogar das Gefühl, dass das bei mir auch so ist, immer nur so kurze Ausschnitte, weil ich alles andere vergesse. Aber das erzähle ich Sebastian lieber nicht, sonst denkt er noch, ich bin schizophren oder so.

»Na gut, aber unterbrich mich doch nicht dauernd«, fährt Sebastian fort. »Ich traf Xenia eine Woche später wieder. Sie war besser drauf als sonst, da sie vorher mit Sina Klebstoff geschnüffelt und eine zerkleinerte Aspirin geraucht hatte. Ich gab ihr ein Beck's Green Lemon aus, und wir kamen ins Gespräch. Sie erzählte mir, dass sie schon mal ein Praktikum bei einem Leichenbestatter gemacht und sich dabei mit einem Toten namens Gunther angefreundet hatte. Ein Selbstmörder wie sie, sagte sie. Später knutschten wir in einer Ecke des Clubs, aber dann rannte sie wieder raus auf ein Dach. Denn sie war ja eigentlich noch in Kurt Cobain verliebt und wollte ihn nicht betrügen.«

»*Nirvana* wird total überschätzt«, sage ich.

»Never mind. Jedenfalls sagte Xenia mir, als sie wieder unten war, dass aus uns nichts werden könne, da ich viel zu gut drauf sei für sie, ich würde ja manchmal sogar lächeln. Ich sei eben nicht wirklich emo.«

»Das stimmt«, rufe ich. »Du warst immer der Fröhliche von uns beiden, ich bin der Traurige. Wären wir die *Beatles*, wärst du Paul und Ringo und ich wäre John und George.«

»Bist du schizophren oder was?«, ruft Sebastian. »Wenn du nicht so vergesslich wärst, könntest du dich auch noch daran erinnern, dass ich früher immer in mich gekehrt und traurig war, weil ich in der Schule immer gehänselt wurde. Aber anscheinend bemitleidete ich mich nicht genug, die heutige Jugend war schon weiter. Die folgenden Wochen brachte ich damit zu, endlich wirklich Emo zu werden. Als Erstes lackierte ich meine Fingernägel schwarz und färbte meine Haare dunkel. Die waren zwar schon fast schwarz, aber die Geste zählte schließlich. Dann ritzte ich mir eigenhändig mit einer heißen Kulimiene ein Sternchen-Tattoo auf den Unterarm. Leider verrutschte ich leicht und es sah eher aus wie ein Hakenkreuz. Schnell habe ich ein Kurzzeit-Totenkopf-Tattoo aus der Bravo Girl drübergeklebt.«

»Daran kann ich mich noch erinnern«, sage ich. »Das war hässlich.«

»Du erinnerst dich immer nur an die Sachen, an du dich erinnern willst.«

»Macht das nicht jeder so? Ich weiß übrigens auch noch, dass du dir damals ganz viel Emo-Musik gekauft hast.«

»Natürlich«, sagt Sebastian, »damit förderte ich meine innere schlechte Laune. Nach sechs Stunden von diesem Gitarren-Jammer-Lärm musste ich einfach in Tränen ausbrechen. Schließlich setzte ich mich auf den Alexanderplatz zu den anderen Emos, schaute sehr traurig und sprach kein Wort. Nach einer Woche war ich akzeptiert. Nun war es an der Zeit, es noch einmal mit Xenia zu probieren. Ich traf sie wieder im *Magnet*. Aber irgendetwas war anders geworden. Sie schaute mich missbilligend an und sagte: ›Wie siehst denn du aus? Voll emotion. Aber Emo ist schon seit zwei Wochen total out. Ich bin jetzt Visual Keï.‹«

»Was soll das denn sein?«, rufe ich.

»Ja genau«, sagt Sebastian, »das habe ich mich auch gefragt. Sie sah jedenfalls auch anders aus, als sie jetzt aussieht, viel weniger bitchy. Aber ich habe noch einen schönen Schluss für meine Geschichte.«

Sebastian schaut eine Weile aus dem Fenster. Es regnet jetzt nicht mehr, sondern ist einfach nur noch so grau. Dann sagt er feierlich: »Ich rannte sofort raus aus dem *Magnet* und aufs nächste Hausdach hoch. Ich sprang nicht. Es gab ja noch genug andere Mädchen mit seltsamen Gewohnheiten.«

»Schön«, sage ich und trinke meinen Tee aus. »Ich wusste immer, dass du tief in deinem Herzen ein Emo bist.«

Sebastian wischt sich eine imaginäre Träne aus dem Auge.

»Aber sag mal«, frage ich Sebastian, »deine Geschichte kommt mir wirklich ziemlich bekannt vor. Kann es vielleicht sein, dass in Wahrheit ich das alles erlebt habe und nur vergessen? Und du hast die Geschichte nicht vergessen, aber vergessen, dass eigentlich ich alles erlebt habe?«

»Mhh«, macht Sebastian und steht von meiner Küchencouch auf, »der Gedanke ist mir auch schon gekommen.«

»Dann wäre also doch wieder ich der Held der Geschichte«, sage ich.

»Vielleicht«, sagt Sebastian und spaziert durch meine Wohnungstür ins Treppenhaus. »Vielleicht bist du aber auch nur schizophren.«

18

KRANKHEIT ALS WEG

Ich bin krank. Immer bin ich krank. Obwohl ich doch gar nicht arbeite und mich nie verausgabe. Ich habe Kopfschmerzen. Ich habe Halsschmerzen. Ich werde sterben müssen. Und das schon seit drei Jahren. Ich liege in meinem Bett und kann mich fast nicht bewegen. Da klingelt das Telefon. Ich stehe schwerfällig auf, schleppe mich zum Telefon und sage: »Hallo, Sebastian, ich bin krank.«

»Guten Tag, Herr Lehmann«, begrüßt mich aber eine weibliche Stimme. Dieses Mal ist es leider eine schrille, gar nicht schöne Stimme.

»Sebastian?«, frage ich unsicher.

»Nein, Herr Lehmann, hier ist die Telekom, ihr Telefonanbieter. Wie geht es Ihnen heute?«

»Ich bin krank«, huste ich.

»Na, das tut uns aber wahnsinnig leid«, sagt die Frau. »Aber wir haben da ein prima Angebot für Sie: die T-Net-Box. Das ist ein ins Telefon integrierter, intelligenter Anrufbeantworter. Wenn sie jemand angerufen hat, als sie nicht da waren, ruft die T-Net-Box sie völlig kostenfrei an, für nur zwanzig Euro im Monat. Wäre das was für Sie?«

»Ich bin doch sowieso immer zu Hause«, sage ich.

»Aber das ist wirklich ein prima Angebot«, schreit die Frau hysterisch.

»Ach, machen Sie doch, was sie wollen«, sage ich. »Bevor die erste Rechnung kommt, bin ich eh schon tot.« Ich lege auf.

Um den Tod doch noch ein wenig hinauszuzögern, gehe ich zum

Arzt. Dort muss ich mich auf eine große Liege legen, die mit einer klebrigen, gelblichen Plastikschutzfolie bezogen ist, damit ich auch die Krankheiten meiner Vorlieger bekomme. Dann kommt der Arzt. Er grinst mich an, als würden wir uns schon Jahre kennen. Wir kennen uns schon Jahre.

»Na, junger Mann, was fehlt uns denn heute?«

»Ich bin krank, Arzt«, sage ich matt.

»Na, was haben Sie denn für Beschwerden?«, fragt der Arzt immer noch offensiv fröhlich.

»Ich werde sterben müssen«, sage ich.

»Aber mein Sohn«, sagt der Arzt beruhigend, »da wollen wir nicht mal gleich übertreiben. Ich verschreibe Ihnen hier diese schönen Tabletten.«

»Von den letzten Tabletten habe ich aber Ausschlag am ganzen Körper bekommen«, sage ich.

»Na, dann hab ich da noch andere Tabletten, die sind gegen den Ausschlag. Und wenn Sie beide Tabletten nehmen, dann sind Sie bald wieder gesund. Na, wie ist das?«

Der Arzt grinst mich an.

»Ich weiß nicht, wie es ist, gesund zu sein«, murmle ich.

»Na, gesund sind Sie, wenn der Tag Sie anlacht, und Sie springen fröhlich wie ein junges Reh durch die Blumen über eine Wiese und fühlen sich frei«, ruft der Arzt enthusiastisch.

»Dann will ich gar nicht gesund sein«, sage ich.

Er gibt mir die Tabletten, und ich gehe wieder nach Hause. Ich lege mich in mein Bett und starre an die Decke. In meinen Fieberschüben verliere ich jegliches Zeitgefühl. Irgendwann kommt meine Freundin.

»Was ist denn los, mein Kleiner?«, ruft sie, als sie mich vollkommen ermattet im Bett liegen sieht. »Du siehst so blass aus.« Sie zwickt mich mit ihren Fingern in meine Backen, wie es meine Mutter früher gemacht hat. Aber mit meiner Mutter hatte ich keinen Sex. Das Zwicken tut auch weh.

»Ich bin krank«, sage ich.

»Och, das tut mir aber leid, mein Kleiner. Dann gehen wir am besten gleich schlafen. Ich hab sogar eine Bibi-Blocksberg-Kassette mitgebracht, die können wir hören. Die Folge heißt ›Bibi ist krank‹.«

Meine Freundin kann nur schlafen, wenn jemand redet. Beziehungsweise, sie schläft immer ein, wenn jemand redet. Sie schläft also vor allem im Kino, im Theater oder auf Lesungen. Wenn ich rede, schläft sie auch ein. Wir streiten uns nie.

Jetzt schläft sie natürlich auch sofort ein, weil die Bibi-Blocksberg-Kassette läuft. Ich finde die Kassetten aber immer so spannend, dass ich sie ganz hören muss. Als Bibi sich gesund gehext hat, und die Kassette zu Ende ist, bekomme ich einen mehrstündigen Hustanfall. Meine Freundin wacht nicht auf, weil sie auch gut schlafen kann, wenn jemand hustet. Gegen 5 Uhr in der Frühe schlafe ich endlich ein. Da klingelt das Telefon. Ich stehe schwerfällig auf, schleppe mich zum Telefon, es könnte ja die Marktforschung sein. Es ist aber die T-Net-Box.

Die T-Net-Box sagt: »Vor fünf Stunden rief Sie folgende Nummer an: Nummer unbekannt. Der Anrufer hinterließ folgende Nachricht für Sie: keine Nachrichten gespeichert.«

Ich lege auf und kann nicht wieder einschlafen. Am nächsten Morgen bemerke ich, dass ich über Nacht am ganzen Körper Ausschlag bekommen habe.

Ich gehe also wieder zum Arzt. Da muss ich mich abermals auf die gelbliche Liege legen, bis der Arzt kommt.

»Na, was fehlt uns denn heute?«, fragt der Arzt, als hätten wir uns nicht vor vierundzwanzig Stunden das letzte Mal gesehen. Da erwachen meine Lebensgeister, ich springe von der Liege auf und rufe: »Was uns fehlt ist eine gemeinsame Grundlage, eine Grundlage, auf der wir beide gleichberechtigt existieren können. Sie, der Arzt, verdienen an meiner Krankheit. Sie haben also überhaupt gar kein Interesse daran, dass ich, der Patient, gesund werde. Ich werde mich jetzt zu meiner Krankheit bekennen. Ich werde nicht mehr versuchen, gegen meine Natur gesund zu werden. Krankheit als Weg!«

Ich hüpfe vor dem Arzt rum und rufe stolz: »Ich bin krank! Ich bin krank! I live in Berlin and I'm ill«

Dann sacke ich wieder zusammen. Das war jetzt doch ein bisschen zu anstrengend.

»Sie werden wunderlich«, sagt der Arzt und schaut mich zum ersten Mal, seit wir uns kennen, mitleidig an. »Sie sind doch Kassenpatient. Ich verdiene gar nichts an Ihnen.«

»Das tut mir leid«, sage ich leise.

»Hier ham Sie noch Tabletten«, sagt der Arzt und hält mir ein paar bunte Pillen vor die Nase.

»Danke«, sage ich und lege mich wieder auf die Liege. »Ich bin ja auch irgendwie ganz gerne krank.«

»Ich weiß«, sagt der Arzt.

»Ich bin krank«, sage ich noch mal ganz leise, dann schlafe ich friedlich auf der gelblichen Liege ein.

19

MITTELMÄSSIGE GESCHICHTE IN DER MITTE DES BUCHES

»Ich glaube, ich nehme …«, sage ich und schaue mir noch einmal alle Sorten genau an, »ja, ich nehme Vanille.«

Der Eisverkäufer blickt mich lange an. Ich stehe vor einer Eisdiele am Görlitzer Park und studiere die verschiedenen Eissorten, die auf einer großen Tafel angepriesen werden. Es ist nicht viel los, denn eigentlich ist die Eissaison dieses Jahr schon zu Ende.

»Vanille?«, fragt der Eisverkäufer.

»Und Schoko«, sage ich noch schnell. »Vanille und Schoko, bitte.«

»Sie wollen also Vanille und Schoko?«, fragt der Eisverkäufer und schaut mich entgeistert an. »Sie stehen jetzt seit einer Viertelstunde vor meinem Eisstand, können sich nicht entscheiden und dann wollen Sie Vanille und Schoko. Ich habe achtunddreißig verschiedene Eissorten im Angebot und das einzige, was Ihnen einfällt, ist Vanille und Schoko?!«

»Tut mir leid«, sage ich, »ich wünschte, ich hätte eine originellere Entscheidung getroffen.«

»Ich stehe jeden Morgen um halb sechs auf«, schreit der Eisverkäufer und läuft rot an wie ein Erdbeereis, »nur um die exotischsten und ausgefallensten Sorten zu kreieren, und Sie kommen hierher und bestellen Vanille und Schoko.«

»Oh, das habe ich nicht gewusst«, sage ich und blicke traurig zu Boden. Schon zu oft habe ich meine Mitmenschen mit meiner Durchschnittlichkeit enttäuscht.

»Wollen Sie nicht ein Ingwer-Karotten-Limonen-Basilikum-Eis

oder vielleicht ein Apfel-Mango-Sellerie-Eis mit Bitterschokoladensplittern?«, fragt der Eisverkäufer fast verzweifelt.

»Nein danke«, flüstere ich.

»After-Eight-Apfelsine oder Schlumpf-Eis?«

Ich schüttle den zu Boden gesenkten Kopf.

»Vielleicht Himbeere oder Stracciatella?«

»Es geht einfach nicht«, sage ich und setzte mich auf den Boden vor dem Eisstand. Leise beginne ich zu wimmern. Der Eisverkäufer kommt aus seinem Stand hervor, setzt sich neben mich auf den Boden, drückt mir eine Eistüte mit Vanille und Schoko in die Hand und legt seinen vom Eiskugelnformen starken Arm um meine Schultern.

»Danke«, sage ich leise. »Ich bin eben nur ein Durchschnittsmensch, Mittelmaß, ich finde immer nur gut, auf was sich alle irgendwie einigen können. Ich bin so langweilig.«

»Aber jeder hat doch etwas Besonderes, Individuelles, was seine Person ausmacht«, sagt der Eisverkäufer nun wieder gefasst. »Ich zum Beispiel war nicht immer Eisverkäufer, früher war ich Psychoanalytiker.«

»Bei mir gibt es nichts Aufregendes«, sage ich und lege mich rücklings auf den Boden. Der Eisverkäufer wirkt auf einmal sehr groß, wie er da über mir sitzt. Erst jetzt fällt mir auch sein grauer Rauschebart auf.

»Name?«, fragt der Eisanalytiker.

»Sebastian Lehmann«, sage ich.

»Oje«, sagt er, »das fängt ja schon mal gut an.«

»Tut mir leid«, sage ich.

»Ihre Lieblingsspeise?«, fragt er dann.

»Spaghetti Bolognese«.

»Lieblingsgetränk?«

»Wasser.«

»Ihre Lieblingsfarbe?«

»Weiß.«

»Okay, dann ihre Lieblingsband?«
»Die *Beatles*.«
»Lieblingsfilm?«
»*Pulp Fiction*«
»Lieblingsautor?«
»Max Frisch.«
»Lieblingsstellung.«
»Missionar.«
»Das ist ja furchtbar!«, ruft der Eisverkäufer, um sich gleich wieder zu entschuldigen: »So einen schweren Fall wie Sie hatte ich schon lange nicht mehr.«
»Ja, ich weiß«, sage ich, »ich bin die neue Mitte, für die Angela Merkel die Regierung gebildet hat, mir ist alles egal, solange ich meine Ruhe habe. Ich habe keine Leidenschaften, keinen Ehrgeiz. Wenn ich ein halbes Glas Wasser sehe, dann ist es nicht halb leer oder gar halb voll, sondern einfach nur halb.«
»Es muss irgendetwas in ihrer Kindheit falsch gelaufen sein«, sagt der Eisanalytiker.
»Das wäre schön gewesen«, rufe ich. »Aber ich bin in einer mittelgroßen, sehr grünen Stadt in der BRD aufgewachsen, meine Lehrer waren tolerante Alt-68er und Grünenwähler und sogar die Punks in der Fußgängerzone hatten immer perfekt gereinigte Fingernägel. Mein Vater war Beamter, meine Mutter umsorgte mich, kochte mir Spaghetti Bolognese und las mir am Abend aus ›Homo faber‹ vor. Es war das Paradies.«
»Und dann?«
»Dann zog ich nach Berlin, weil alle nach Berlin zogen. Am liebsten wäre ich an die U-Bahnhaltestelle Stadtmitte gezogen, damit alles in der Stadt gleich weit entfernt gewesen wäre.«
Plötzlich reißt mich der Eisverkäufer vom Boden hoch und ruft: »Ich bin gar kein Eisverkäufer, sondern Gott.«
»Oh«, sage ich, »ich glaube eigentlich nicht an Gott, aber an eine überirdische Macht irgendwie schon.«

»Na gut«, ruft der ehemalige Eisverkäufer, »ich bin gar kein Eisverkäufer, sondern eine überirdische Macht. Und ich befehle dir: Mache etwas aus deinem Leben. Steh auf, ändere dein Leben, finde ein Ziel, für das es sich zu kämpfen lohnt, und befreie dich aus deiner Mittelmäßigkeit.«

»Ich will ja jetzt niemandem zu nahe treten«, sage ich, »schon gar nicht einer überirdischen Macht, aber diese Sprüche von dir sind auch schon ganz schön mittelmäßig.«

Die überirdische Macht sackt in sich zusammen. »Ja, ich weiß, du hast recht. Ich bin auch nur ziemlich mittelmäßig und durchschnittlich. Aber schau dich um, mein lieber Freund, die Welt, die ich einst erschaffen habe, ist auch nicht gerade ein leckeres Apfel-Mango-Sellerie-Eis mit Bitterschokoladensplittern, sondern eher ein fad schmeckendes Vanille-Eis.«

Die überirdische Macht lässt den Kopf hängen und schnieft traurig.

»Ach, so schlimm ist es auch wieder nicht«, sage ich schnell, um die Macht wieder aufzuheitern. »Ich zum Beispiel mag ja sehr gerne Vanille-Eis.«

»Mit Schoko?«, fragt die überirdische Macht und hört auf zu schniefen.

»Genau«, sage ich, »Vanille und Schoko, bitte.«

Die Macht springt freudig auf, geht wieder hinter den Eiswagen und formt mir mit ihren starken Armen noch einmal zwei schöne Kugeln Vanille und Schoko.

20
AM UNTEREN ENDE DER WRANGELSTRASSE

Ich sitze mal wieder am Fenster und schaue auf das untere Ende der Wrangelstraße. Mir ist langweilig. Ich hole meinen Laptop und google meinen Namen. Es gibt 1.134.000 Ergebnisse für »sebastian lehmann«. Die Suche hat 0,17 Sekunden gedauert. Mir ist immer noch langweilig.

Über eine Million Einträge zu meinem Namen. Quite impressive, denke ich. Ich könnte jetzt nachzählen, wie viele Einträge wirklich über mich sind und dann davon den Prozentsatz ausrechnen, aber so schlimm langweilig ist mir dann doch nicht. Angesichts dieser Zahlen fällt mir schon wieder auf, was für ein mittelmäßiger Allerweltsname mein Vorname doch ist. Aber nicht nur mein Vorname. Auch mein Nachname. Und die Kombination aus beiden. Das ist wirklich sehr langweilig. Wenn ich mal ein Buch schreiben sollte, würde ich es »Sebastian. Ein Buch.« nennen. Sonst nichts. Es würde ein langweiliges Buch werden. Und der Verlag würde auch noch auf einen seltsamen Untertitel bestehen, damit es sich überhaupt irgendwie verkauft.

Plötzlich höre ich laute Rufe von der Straße, ich mache sofort das Fenster auf und sehe, wie ein Vater in einer grünen North-Face-Jacke auf der Straße steht und sein Kind ruft: »Tristan! Komm sofort zurück. Tristan!« Das Kind kommt nicht, das Kind schreit nur, weil es mit so einem Vater geschlagen ist. Der Vater ist von der Sorte toleranter Jungvater und Hausmann, der sehr gerne auf seine Karriere zugunsten der Familie verzichtet hat, weil er sowieso arbeitslos war.

Jetzt kommt aber auch noch ein verwahrloster Alki aus der Eckkneipe gegenüber auf die Straße gewankt. Hinter ihm trottet ein ebenso verwahrloster Hund hinterher. Der Alki schaut eine Weile dem Vater zu, wie der jetzt ruft: »Scheiße, Tristan! Komm jetzt, verfickt noch mal, hierher!«

So ändern sich die Erziehungsmethoden. Mein Vater hat früher noch gerufen: »Sebastian, komm jetzt, Menschenskindernochmal.« Früher war wirklich alles besser.

Der Alki geht jetzt auf den Vater zu und ruft ihm laut entgegen: »So redet man doch nicht mit seinem Kind.«

»Aber wie Sie immer mit Ihrem Hund reden«, schreit der Vater zurück.

Vielleicht heißt der Hund vom Alki Isolde, denke ich. Ich lese sofort bei Wikipedia die Geschichte von Tristan und Isolde nach. Der Laptop steht ja immer noch auf meinen Knien. Tristan sollte die holde Isolde eigentlich zu ihrem zukünftigen Ehemann bringen, steht da, aber ganz aus Versehen trinken sie einen Liebestrank und stürzen sich in ein wildes Sex-Abenteuer. Unter dem Wikipedia-Eintrag ist ein Link zu YouTube, auf den ich natürlich sofort draufklicke. Im Video spielen Pornodarsteller die Sage nach – zur Musik Richard Wagners. Ich versuche mir nicht vorzustellen, wie Angela Merkel auf den Wagner-Festspielen in Bayreuth einen Liebestrank zu sich nimmt. Es klappt nicht.

Ich schaue wieder aus dem Fenster. Der Alki ist zusammen mit seinem Hund in die Eckkneipe zurückgewankt, und der Jungvater versucht immer noch, sein Kind einzufangen.

»Wie wär's zum Bleistift, wenn du mal herkommst«, ruft er.

Tristan denkt nicht dran. Er rennt immer die zwei Meter weiter weg, die sein Vater auf ihn zukommt. Wahrscheinlich will der Vater den Jungen einfangen, um ihn in die Wohnung zu verfrachten, damit er ihm dort die blonden Locken nachfärben kann. Ich denke darüber nach, warum das neue Bürgertum seinen blonden Kindern Namen von Sagengestalten gibt, aus denen der geniale Antisemit

Richard Wagner mal eine Oper gemacht hat. Ich beschließe, in das Treiben auf der Wrangelstraße einzugreifen und rufe dem Bürgertums-Vater zu: »Hey Adolf. Jetzt komm doch mal her.«

Aber da kommt plötzlich der alte Alki wieder aus der Eckkneipe und ruft: »Ich komm ja schon.«

Jetzt schaut auch der Junge zu mir hoch, und da erst erkenne ich ihn: Es ist der böse Junge aus dem Görlitzer Park. Dämonisch zwinkert er mir zu. Das sehe ich sogar von hier oben. Aber in diesem Moment schnappt ihn der Vater und legt ihn in einen Kinderwagen, der viel zu klein für ihn ist, und fährt schnell weg.

Da klingelt das Telefon. Immer klingelt das Telefon im falschen Moment, denke ich. Oder im richtigen, wie man es nimmt. Mir kommt es so vor, als klingle es auch besonders laut. Ich gehe ran. Es ist natürlich meine Mutter: »Na, wie geht's dem Studium?«, fragt sie so laut, dass ich den Hörer weit von mir weghalten muss.

»Weiß nicht«, sage ich. »Hab ihn schon lang nicht mehr gesehen, den netten Herrn Studium.«

»Sohn, du musst endlich auch mal Verantwortung übernehmen und erwachsen werden«, schreit meine Mutter.

»Ich will aber kein so bürgerlich-spießiges Leben führen wie ihr«, sage ich.

»Unser Geld nimmsch abber«, ruft mein Vater von hinten rein. »In deinem Alter hatte ich schon vier Kinder und ...«

»Vielleicht habt ihr recht, liebe Eltern«, unterbreche ich ihn, »wie der Vater auf der Wrangelstraße sollte ich Verantwortung übernehmen. Der hat schließlich wenigstens ein Kind. Ich bin nur arbeitslos.«

»Das wäre schön«, sagt meine Mutter.

»Wer soll das alles bezahlen?«, ruft mein Vater.

»Aber eigentlich bin ich ja gar nicht arbeitslos, es gäbe genug Arbeit, die ich verrichten könnte. Abspülen zum Bleistift«, sage ich.

Mein Vater reißt meiner Mutter das Telefon aus der Hand und legt auf. Zu teuer, so lange zu telefonieren. Ich setze mich wieder an mein Fenster und schaue auf das untere Ende der Wrangelstraße. Die Sonne geht gerade unter, und es wird ruhig auf der Straße. Mir ist langweilig. Ich hole wieder meinen Laptop und google meinen Namen. Es sind zwei neue Einträge dazugekommen. Es war ein erfolgreicher Tag. Morgen ist zum Glück Sonntag, da muss ich nichts leisten.

21
VORNE

An Sonntagen ist mir immer langweilig. Das liegt daran, dass Sonntag der Ruhetag ist, an dem man sich von der anstrengenden Woche erholen muss, in der man wieder so viel gearbeitet hat. Aber ich habe ja gar nicht gearbeitet die Woche, und ich kann mich schlecht davon erholen, jeden Werktag bis 12 Uhr mittags geschlafen zu haben. Außer vielleicht sonntags bis halb zwei zu schlafen. Also ist mir sonntags ab halb zwei langweilig. So langweilig, dass ich sogar politische Talkshows schaue, die sonntags immer im Fernsehen kommen, egal, ob gerade eine Wahl vorbei ist oder noch ansteht.

In der Talkshow sagt ein Politiker: »Es geht darum, Deutschland wieder nach vorne zu bringen.«

Sein Konkurrent von der anderen Partei unterbricht ihn und sagt: »Aber nur wir bringen Deutschland nach vorne.«

Aber schon ruft wieder der erste Politiker: »Das sehe ich ganz anders: Wir müssen nämlich Deutschland wieder nach vorne bringen.«

Ich springe von meinem gemütlichen Fernsehsessel auf und rufe: »Ja, aber von was soll Deutschland bitte vorne sein. Von wo aus gesehen?« Ich gehe immer sehr mit bei solchen Polittalkshows.

»Lassen Sie mich doch bitte ausreden«, sagt da wieder der erste Politiker. »Ich wollte noch ausführen, dass meine Partei Deutschland wieder nach vorne bringen wird.«

»Vorne ist doch scheiße«, rufe ich. »Wer sagt denn bitte, dass vorne schon von sich aus gut ist?«

»Das kann man doch nicht verallgemeinern«, sagt der zweite Politiker. »Da müssen Sie mir mal ein Beispiel geben?«

Die zwei Politiker aus dem Fernseher schauen mich jetzt direkt an.

»Zum Beispiel in der Schule«, sage ich wieder ruhiger. »Damals saß ich am liebsten in der letzten Reihe. Das hatte zwei große Vorteile: Ich konnte erstens beim Stühlekippeln, was meine Hauptbeschäftigung im Gymnasium war, nicht ganz nach hinten umfallen, sondern knallte nur mit dem Hinterkopf gegen die Wand, was deutlich unlächerlicher ist. Und zweitens kam ich auch seltener dran, wenn ein Lehrer meinen Namen aufrief, weil sich meistens vorher einer der anderen Sebastians weiter vorne angesprochen fühlte.«

»Das ist doch nur ein Einzelfall«, unterbricht mich da wieder der erste Politiker im Fernsehen.

»Nein, das ist kein Einzelfall«, rufe ich. »Ich erinnere mich da auch an Wandertage, bei denen wir von unserer Erdkundelehrerin durch den Schwarzwald gescheucht wurden, und ich natürlich immer ganz hinten lief. Das hatte zwei Vorteile: Die hübschesten Mädchen waren auch immer hinten, weil hübsche Mädchen naturgemäß nicht gerne wandern und sich lieber von den starken Jungs die Rucksäcke tragen lassen. Und außerdem verlief sich die überforderte Erdkundelehrerin ständig, und wir mussten umkehren, um eine andere Abzweigung zu finden. Wir ganz hinten mussten also viel weniger zurücklaufen.

»Na und?«, sagt der zweite Politiker im Fernsehen, »das sind doch alles nur Fälle aus der Vergangenheit. Seit wir an der Regierung sind, sieht das ganz anders aus.«

»Von wegen«, rufe ich. »Mir fallen noch ganz viele aktuelle Situationen ein, wo es von Vorteil ist, nicht vorne zu sein: zum Beispiel im Theater. Postdramatische Inszenierungen sollte man eher von hinten betrachten, damit man nicht mit so viel Körpersekreten vollgespritzt wird oder tote Tiere in den Pullover gesteckt bekommt. Auch bei Flugzeugabstürzen sind die Überlebenschancen besser, wenn man hinten sitzt. Oder man lebt immerhin eine Nanosekunde länger als die Schnelleinsteiger vorne. Und vom Krieg will ich hier gar nicht reden. Stellen Sie sich doch mal vor, im Zweiten Weltkrieg hätten die deutschen Soldaten gesagt: ›Entschuldigung, gehen Sie doch mal vor, ich bleib lieber im Hintergrund. Ich steh nicht so gern im Flakscheinwerferlicht.‹«

Aber die Politiker in der Polittalkshow haben meinen letzten Monolog gar nicht mehr beachtet, stattdessen befragt die hübsche Moderatorin jetzt einen Experten zum Thema.

Ich traue meinen Augen nicht: Es ist der andere Sebastian. Seit dem Kunstevent-Desaster habe ich nichts mehr von ihm gehört. Jetzt ist der also auch schon im Fernsehen. Immer ist er einen Schritt voraus. Oder zwei. Oder hundert. Mein einziger Fernsehauftritt bis jetzt beschränkte sich darauf, vor zehn Jahren von Freiburg TV gefilmt worden zu sein, wie ich zufällig neben zwei Fußball-Fans stand, die gefilmt wurden, um zu zeigen, wie krass enthusiastisch die Stimmung in Freiburg wäre nach dem Aufstieg. Genau genommen war auch nur meine linke Schulter im Bild. Und ganz sicher, ob es wirklich meine Schulter war, bin ich mir auch nicht, denn sie wurde bei der Ausstrahlung wegretuschiert, weil sie nicht enthusiastisch genug aussah.

Der andere Sebastian redet sehr intelligent von Reformen und Verbesserungen in der Finanzierung und Problemen bei der Beschaffung von irgendwas. Ich verstehe kein Wort. Ich höre auch nicht richtig zu, denn ich bin immer noch so gebannt, sein hübsches Gesicht plötzlich im Fernsehen zu sehen.

»Den kenne ich«, rufe ich aus, aber ich bin ja alleine, und es hört mich keiner.

Dann sagt der andere Sebastian: »Und wenn wir dies alles berücksichtigen, können wir Deutschland wieder nach vorne bringen.«

Ich sacke in mich zusammen. Der also auch. Aber eigentlich wundert mich das nicht. Schließlich saß der andere Sebastian früher in der Schule auch immer in der ersten Reihe, und beim Wandertag ist er vorne neben der Lehrerin hergelaufen und hat sich mit ihr über die einzigartige Fauna und Flora im Schwarzwald unterhalten, während einige hübsche Mädchen aus der Klasse seinen Rucksack getragen haben.

Sebastian hat recht, denke ich. Zwei Sebastiane reichen wirklich. Vielleicht ist der andere Sebastian der erfolgreichere und der hübschere, aber er ist und bleibt immer der andere Sebastian. Auch wenn er viel erfolgreicher ist und wir nur Mittelmaß sind, er immer vorne ist und wir nur hinten, habe ich das Gefühl, am richtigen Ende zu sein.

Ich schalte den Fernseher endlich aus und gehe ins Bett. Morgen ist Montag. Eine harte Woche wartet auf mich.

22
EINE VORSTELLUNG

Abends, wenn es endlich dunkel geworden ist, fühle ich mich wohler. Ich sehe nicht mehr so genau den dreckigen Fußboden, und die fleckigen Fensterscheiben fallen auch nicht auf, wenn die Sonne nicht mehr auf sie drauf scheint. Mein Zimmer selbst liegt dann meistens im Dunkeln, höchstens der Computerbildschirm lässt es in einem bläulichen Licht schimmern. Ich sitze am Fenster und schaue in die hellen Wohnungen meiner Nachbarn gegenüber, sehe, wie sie am Schreibtisch sitzen oder Fernsehen schauen, wie sie scheinbar ziellos langsam durch ihre Zimmer spazieren, erst in einem Fenster, dann, ein paar Sekunden später, im Fenster daneben erscheinen. Aber eigentlich passiert nicht richtig viel. Eigentlich haben meine Nachbarn gegenüber ein ähnlich langweiliges Leben wie ich. Das finde ich sehr beruhigend. Aber dann klingelt immerhin mein Telefon.

»Ich habe mich verliebt«, sagt Sebastian sofort ohne Begrüßung.

»Schon wieder«, sage ich und beobachte weiter meine Nachbarn gegenüber. »In welche Barkeeperin denn dieses Mal?«

»Es ist keine Barkeeperin«, sagt Sebastian. »Es ist die Kassiererin bei Edeka.«

»Das ist ja noch einfallsreicher«, sage ich. »Wenigstens kannst du beim Einkaufen noch nicht betrunken sein.«

»Das ist deine Sicht der Dinge«, sagt Sebastian.

Meine Nachbarin gegenüber hat einen Freund, sehe ich zum ersten Mal, jedenfalls steht da ein Mann unten vor ihrem Haus und ruft nach oben.

»Sie lächelt mich immer schon an, wenn ich noch ganz hinten in der Schlange stehe, und einmal hat sie sogar eine neue Kasse für mich aufgemacht«, sagt Sebastian stolz. Seine neue Theorie ist, dass die großen Liebesgeschichten gerade im Alltag auf einen warten, und man sie nur verpasst, weil man nicht genau hinsieht. Seitdem schaut er sehr, sehr genau hin.

»Einmal hat sie mir einen Cent rausgegeben, der in Spanien geprägt worden ist, vielleicht wollte sie mir damit sagen, dass wir dahin zusammen in den Urlaub fahren sollten.«

»Du schaust aber genau hin«, sage ich und sehe genau, wie der Freund meiner Nachbarin mit einer Rose in der Hand niederkniet, während meine Nachbarin auf ihren Balkon tritt.

»Man muss genau hinschauen, denn meine Theorie ist, dass die großen Liebesgeschichten gerade im Alltag ...«

»Aber ihr habt schon mal miteinander gesprochen, oder?«, unterbreche ich ihn.

»Sie fragt mich immer, ob ich Treueherzen sammle.«

»Uhu, vielleicht ist das auch ein Zeichen«, rufe ich. »Sebastian, immer noch der kleine Emo!«

»Manchmal muss man halt offen sein«, sagt Sebastian esoterisch.

»So wie damals bei der Facebook-Geschichte?«, frage ich spöttisch.

»Na ja, aber die Nachricht sah ja auch wirklich nett aus, da kommt man ja nicht sofort auf den Gedanken, dass da was nicht stimmt«, sagt Sebastian.

»Das Mädchen, das dir auf Facebook geschrieben hat, hieß Britney Love, und ihre Hobbys waren Gogo-Dance, Reiten und mit ihren Freundinnen nackt Minigolf spielen.«

»Aber die Fotos sahen wirklich authentisch aus«, sagt Sebastian leise, »besonders das mit dem Minigolfschläger ...«

Während Sebastian mir sehr genau das Foto beschreibt, sehe ich, wie der Freund meiner Nachbarin tatsächlich versucht, an der Hauswand hochzuklettern.

»Ja ja«, rufe ich und suche in einer Schublade mein altes Fernglas,

»aber vielleicht hättest du ihr nicht gleich in der zweiten Mail deine Kontodaten schicken sollen.«

»Okay, ja, ich gebe es zu«, ruft Sebastian genervt, »da war ich wirklich etwas leichtgläubig, aber jetzt ist es etwas anderes. Ich bin verliebt. Wie soll ich die Kassiererin nun ansprechen?«

Ich habe das Fernglas gefunden und beobachte, wie der Freund gefährlich an einer Regenrinne hängt, meine Nachbarin streckt ihre Hand aus und bekommt seine zu fassen ...

»Hallo, bist du eingeschlafen?«, ruft Sebastian. »Ich habe dich etwas gefragt?«

»Ähm, du könntest ein Päckchen Kondome bei einem anderen Laden kaufen, aber ganz normal aufs Band legen und wenn sie dann vergeblich versucht, den Strichcode einzuscannen, sagst du: ›Nein Baby, die kaufe ich nicht, die sind ein Geschenk für dich.‹«

Meine Nachbarin und ihr Freund stehen zusammen auf dem Balkon und küssen sich. Ich bin sehr gerührt und eine Träne kullert meine Wange hinunter.

»Meinst du wirklich, das könnte klappen?«, fragt Sebastian.

Jetzt holt meine Nachbarin ein großes Plakat hinter ihrem Rücken hervor und hält es vor sich und ihren Freund, aber hört nicht auf, ihn zu küssen. Auf dem Plakat steht: »The End.«

»Du, Sebastian«, sage ich, »die Vorstellung ist zu Ende. Geh einkaufen, gib ihr deine Nummer und alles wird gut.«

Ich lege auf und ziehe den Vorhang zu.

23
IMMER NOCH KRANK

Meine Freundin zieht den Vorhang auf und lässt etwas Tageslicht ins Zimmer. Ich liege auf dem Bett und huste alle zwei Minuten.

»Ich bin immer noch krank«, sage ich zu meiner Freundin. »Wann darf ich nur endlich sterben?«

»Ich habe hier eine Kassette mitgebracht, sie heißt ›Bibi ist immer noch krank‹«, sagt meine Freundin.

»Nein, nicht schon wieder«, rufe ich, aber sie hat schon die Kassette eingelegt und ist sofort eingeschlafen. Ich höre mir die Folge zu Ende an, kann aber danach auch nicht einschlafen. Ach, früher war alles besser. Habe ich das schon gesagt? Früher hat mich noch meine Mutter umsorgt, als ich krank war. Das war schön. Ständig hat sie mir bunte Kügelchen eingeflößt, Naturheilkunde, Homöopathie, die ganze Scharlatanerie, aber ich fand es schön.

»So, mein Junge«, hat sie gesagt, »hier nimmste dreimal täglich die Sinupret-Tabletten, dann geht der Schnupfen bald weg.«

Und wenn dann der Schnupfen nach zwei Wochen endlich weg war, hat sie gesagt: »Siehste, es hat geholfen.«

Nie werde ich erfahren, ob es an den Sinupret lag, oder ob der Schnupfen einfach so gegangen ist.

Ich beschließe, einen kleinen Spaziergang zu machen, vielleicht tut mir ja die frische Luft gut. Meine Freundin schläft einfach weiter. Hustend und schniefend schlendere ich gedankenverloren durch die Straßen, da stehe ich auf einmal im Görlitzer Park. Ich versuche ja, den Görlitzer Park zu meiden, ich will auf keinen Fall wieder dem bösen Jungen begegnen, obwohl der ja auch inzwischen bei mir vor der Haustür auftaucht. Ich werde nicht gerne erniedrigt, schon gar nicht von Kindern. Erschrocken renne ich sofort wieder zum Parkausgang, obwohl das meiner angeschlagenen Gesundheit bestimmt nicht zuträglich ist, da steht plötzlich ein kleines Mädchen vor mir. O nein, denke ich, das ist bestimmt die kleine Schwester des bösen Jungen.

Das kleine Mädchen schaut mich mit großen Augen an und hält mir ihr riesiges Stracciatella-Eis hin. Warum begegne ich in letzter Zeit ständig Kindern, die etwas von mir wollen? Vielleicht denken Kinder, dass, wenn man als Erwachsener ein bestimmtes Alter erreicht hat, als potenzielle Bezugsperson einfach infrage kommt. Ich versuche, das Mädchen und ihr Eis zu ignorieren und weiterzugehen. Aber immer wenn ich einen Schritt nach rechts an ihr vorbei mache, macht sie das Gleiche und wenn ich nach links gehe, steht sie mir auch im Weg. Wenn ich eine Figur von Herrn Regener wäre, könnte ich jetzt, so wie der andere Herr Lehmann den Hund im ersten Kapitel seines Buchs mit Whisky betäubt hat, um an ihm vorbeizukommen, das Mädchen mit Whisky betäuben. Aber ich habe keinen Whisky dabei.

Das Mädchen schaut mich weiter ausdruckslos an und hält mir ihr ekliges, angeschmolzenes Stracciatella-Eis vor die Nase. Leider bin ich ja sehr klein und sogar noch recht frische Kinder mit ausgestrecktem Arm können fast meine Nase erreichen. Dann sagt sie: »Schleck!«

»Nein«, rufe ich, »ich mag kein Stracciatella-Eis. Ich bin eher so der normale Vanille-Typ.« Das Mädchen schaut mich weiter ausdruckslos an, aber leichte Irritation schwingt jetzt in ihrem Blick mit. Etwas verständnisvoller füge ich hinzu: »Weißt du, Mädchen, ich bin krank und möchte dich nicht anstecken.«

Das Mädchen schaut mich einfach weiter an.

»Ihh Stracciatella, voll ihh«, sage ich in ihrer Sprache, der Alternativ-Kreuzberg-Kinder-Sprache. Das Mädchen nickt verstehend und holt ein Vanille-Eis, das es bisher hinter dem Rücken versteckt hielt, hervor und hält es mir vor die Nase. »Schleck!«, sagt es wieder.

Jetzt hat sie mich. Ausgerechnet Vanille. Ich nehme ihr das Eis aus der Hand und beginne, zufrieden daran zu schlecken. Und auch das Mädchen schleckt zufrieden lächelnd an seinem Stracciatella-Eis. Ich tätschle ihr den blondbezopften Kopf und will gerade weitergehen, als das Mädchen meine Hand nimmt. Dabei sagt es lachend »Papa«. Und mit der anderen Hand zeigt es auf mich.

»Nein, ich nix Papa, ich noch zu jung«, rufe ich völlig entgeistert. Weiß sie mehr als ich? Im Kopf gehe ich alle möglichen Mütter durch. Traurigerweise fällt mir außer meiner Freundin keine ein. Das Kind muss sich irren. Aber da sagt es noch mal: »Du. Papa.«

Ich schüttle verzweifelt den Kopf und versuche mich von ihrer Hand loszumachen, aber das Mädchen ist schon sehr stark. Es grinst mich weiter an. So stehen wir also im Görlitzer Park, Hand in Hand, und essen unser Eis auf. Bestimmt nicht gerade gut, bei meiner Erkältung, ist ja auch ganz schön kalt geworden. Prompt bekomme ich einen schlimmen Hustanfall und muss niesen. Ich versuche, mit einer Hand meine Nase zu putzen, denn das Mädchen rückt meine andere Hand nicht heraus.

»Ich bin krank«, wimmere ich dem Mädchen ins Ohr.

Das Mädchen schaut mich ausdruckslos an, wobei ihre Ausdruckslosigkeit jetzt leicht ins Mitleidige changiert. Dann deutet sie auf eine Parkbank. Sie stützt mich, und gemeinsam gehen wir langsam zu der Bank. Als wir sitzen, greift sie in ihre kleine Handtasche und nimmt ein zerknittertes Päckchen Tabletten heraus. Ich erkenne die Packung sofort, es sind Sinupret. Sie holt auch noch ein kleines Fläschchen Vanille-Milch aus ihrer Tasche und bedeutet mir, die Tabletten zu schlucken. Ich befolge ihre Anweisungen, nehme gleich zwei Sinupret, und sofort geht es mir viel besser. Ich nicke dem Mädchen freundschaftlich zu. Plötzlich springt es aber auf und deutet auf eine Frau, die mit einem Kinderwagen um eine Ecke gelaufen kommt. Das wird wohl die Mama sein. Ich betrachte sie sehr genau, aber sie kommt mir nicht bekannt vor. Das muss vorhin wohl doch eine Verwechslung seitens des Mädchens gewesen sein, denke ich fast ein wenig traurig.

Ich will ihr die Packung Sinupret zurückgeben, aber sie zeigt auf mich und deutet ein Husten an. Dann rennt sie zu ihrer Mutter. Wehmütig schaue ich ihr nach. Vielleicht sind Kinder doch nicht so schlimm. Strange, denke ich mal wieder auf englisch und gehe nach Hause. Ich werde immer noch wunderlicher.

17
WIE SEBASTIAN EINMAL EMO WAR

Drei Minuten später ruft Sebastian wieder an.

»Hallo, Sebastian«, sage ich, »schön mal wieder von dir zu hören.«

»Was?«, ruft Sebastian. »Ich versteh immer nur die Hälfte von dem, was du sagst, dein Handy ist echt im Arsch.«

»Vor drei Minuten hast du noch alles verstanden«, gebe ich zu bedenken. »Vielleicht willst du mich auch gar nicht verstehen.«

»Hallo? Bist du noch da?«

»Wo?«

»Was ist denn das für eine Frage?«

»Aber du hast mich verstanden.«

»Na ja.«

»Schon wieder.«

»Was?«

»Schon wieder.«

»Schon wieder, was?«

»Mach mal auf, ich steh übrigens vor deiner Tür.«

»Weißt du, was ich in letzter Zeit festgestellt habe?«, fragt Sebastian, als er sich bei mir auf die Küchencouch geworfen hat.

Jede Klischee-WG braucht eine Küchencouch und mein größter Ehrgeiz war auch, eine Küchencouch zu haben, obwohl ich gar nicht mehr in einer WG wohne. Dann wäre die Küchencouch ja auch kein Klischee mehr.

»Seit dein Handy nicht mehr funktioniert, habe ich das Gefühl,

24
DIE NEUEN LEIDEN DES JUNGEN HERRN L.

In my mind my dreams are real
Tonight I'm a rock 'n' roll star
OASIS

»Krass«, sagt Sebastian und nimmt einen Schluck von seinem Schöfferhofer Grapefruit. »Das ist einfach krass, Mann.«

»Kannst du mal aufhören, immer ›krass‹ zu sagen, das ist echt voll das 90er-Jahre-Wort«, rufe ich und schlürfe meinen Gin Tonic leer. Ich bin schon länger auf Gin Tonic umgestiegen. Langsam merke ich das auch.

»Aber ›echt voll‹ sagen ist genauso echt voll 90er«, sagt Sebastian.

Irgendwie habe ich das ungute Gefühl, dieses Gespräch schon einmal geführt zu haben. Sebastian bestellt sich jetzt auch einen Gin Tonic und mir einen mit. Praktischerweise sitzen wir an der Bar. Wir sind in einem Club am Kottbusser Tor, durch dessen Panorama-Fenster man die Hochbahn am Kottbusser Tor beobachten kann, die sich trotzdem U-Bahn nennt. Es ist Montagabend. Um uns herum sitzen hippe Kreuzberger in roten Hosen und silbernen Schuhen. Wir fühlen uns also wohl.

»Was ist jetzt so krass?«, frage ich ungeduldig.

»›Rock 'n' Roll Star‹ als erstes Lied auf der ersten Platte von *Oasis,* Mann«, antwortet Sebastian. »Das ist krass, Mann. So was zu machen, meine ich.«

»Hör bitte auf, immer ›Mann‹ zu sagen am Ende jedes Satzes, das ist echt voll prollig, Alter«, sage ich und bestelle mir noch einen Gin Tonic. Immer wenn wir sehr betrunken sind, beginnen wir über *Oasis* zu reden. *Oasis* gibt es nicht mehr, genauso wie es unsere Jugend, als wir glühende *Oasis*-Fans waren, nicht mehr gibt, denke ich traurig. Und ich kann nicht verhindern, dass meine Augen feucht werden. Immer wenn ich sehr betrunken bin und über *Oasis* rede, werde ich melancholisch.

»Alter, Mann«, schniefe ich.

»Was ist denn los, Kumpel?«, fragt Sebastian.

»Ach, ich denke nur an die Vergangenheit, das macht mich depressiv.«

»Don't look back in anger«, sagt Sebastian.

»Alles zerbricht doch, ich hab das Gefühl, wir haben das ganze Leben bis jetzt an was geglaubt, das aber nie wahr geworden ist.« Ich wische mir mit dem Handrücken über die feuchten Augen. »Nämlich, dass wir was Besonderes sind.«

»Ich geh mal aufs Klo«, sagt Sebastian und wankt zum Klo.

Früher dachte ich, denke ich jetzt, wie ich so alleine an der Bar sitze, ich werde mal Rockstar. Mit vierzehn Jahren war ich mir so sicher, der erste auf der ganzen Welt bekannte Rockstar aus Freiburg im Breisgau zu werden, dass ich keinen Widerspruch duldete. Es widersprach auch keiner, weil ich niemandem von meinen Rockstarplänen erzählte. Und irgendwie ist auch niemand von selbst draufgekommen, mit was für einem Rockstar sie eigentlich zur Schule gingen. Mit sechzehn hatte ich schon die ersten drei Alben mit meiner Band veröffentlicht, außerdem ein Unplugged-Album eingespielt und zusammen mit Paul McCartney sein großes Comeback geschrieben. Dann arbeitete ich an meinem ersten Soloalbum, einer intimen Platte, die meinen harten, aber wieder in den Griff bekommenen Drogenkonsum reflektierte.

»In my mind my dreams are real«, sage ich leise vor mich hin. Die Barkeeperin, in die sich Sebastian zu Beginn des Abends schon verliebt hat, stellt mir ungefragt einen neuen Gin Tonic hin.

Es gibt so viele Enttäuschungen im Leben, denke ich dann. Eigentlich ist das ganze Leben eine einzige große Enttäuschung. Sogar das festzustellen, ist eine Enttäuschung, weil es schon so viele vor mir festgestellt haben, und ich mal wieder nichts Besonderes bin, denke ich pathetisch. Wenn ich betrunken bin, werde ich auch gerne pathetisch. Die schlimmste Enttäuschung im Leben eines jeden Jungen aus der BRD-Provinz ist aber, wider Erwarten doch nicht ein gottgleicher Rockstar zu werden. Dabei hatte ich mich so gut vorbereitet auf den Rockstar-Beruf. Mit drei Jahren in die musikalische Früherziehung im Haus der Jugend Freiburg. Dann Blockflöte bei Frau Weiss, danach klassische Gitarre, um dann endlich mit fünfzehn auf E-Gitarre umzusteigen. Mit zwanzig, nach fünf Jahren Gitarren-Unterricht, habe ich dann aufgehört. Ich konnte geradeso »Knockin' on Heaven's Door« nachspielen. Meine Hoffnung war Punk. Da braucht man ja nur zwei Akkorde. Aber irgendwie hatte ich dann immer was anderes zu tun. Zum Beispiel Zivi machen, eine Freundin suchen und ein sinnloses Studium anfangen. Seitdem habe ich nicht mehr so viel über das Rockstarleben nachgedacht. Eigentlich denke ich nur daran, wenn ich betrunken bin, und Sebastian wieder von *Oasis* redet. Apropos Sebastian. Wo ist der eigentlich? Ich blicke mich im Club um, der nicht sehr groß ist. Ein paar Leute tanzen, die meisten sitzen aber nur rum und trinken wie wir. Sebastian ist nirgendwo zu sehen.

»The dreams we have as children fade away«, zitiere ich leise einen anderen *Oasis*-Song. Die Barkeeperin stellt wieder einen neuen Gin Tonic vor mich hin. Sie ist eigentlich ziemlich hübsch mit ihren braunen Haaren und dem Pony, der ihr fast über die Augen reicht. Kein Wunder, dass Sebastian sich in sie verliebt hat. Aber sie ist bestimmt erst Anfang zwanzig und mit ganz anderer Musik aufgewachsen als wir. Ich muss Sebastian gleich sagen, wenn er zurückkommt, dass das nichts werden kann mit ihm und ihr.

Dann muss ich an Herrn Regener denken. Der hat ja nicht nur gute Romane geschrieben, sondern ist sogar auch noch Sänger in einer erfolgreichen Band, der Arsch.

»Alle vier Minuten kommt die U-Bahn hier vorbei, und alle dreieinhalb Minuten kommt ein neues Bier«, zitiere ich leise die Band von Herrn Regener.

»Sorry, just english«, sagt die Barkeeperin und streicht sich ihren Pony aus den Augen.

»Every four minutes drives the U-Bahn away and every three and half minutes comes a new beer«, übersetze ich. Jetzt muss ich auch noch englisch reden.

»Beer? Not Gin Tonic?«, fragt die Barkeeperin. Natürlich kennt sie *Element of Crime* nicht. Viel zu jung.

»Gin Tonic for us both«, ruft Sebastian, der plötzlich wieder neben mir sitzt, und fügt leise hinzu: »Hey, nicht mit der Barkeeperin flirten, in die bin ich doch verliebt.«

»Ich dachte schon, du wärst mir abhanden gekommen«, sage ich zu Sebastian, »so wie meine Träume als Jugendlicher.« Wieder füllen sich meine Augen mit Tränen.

»O nein, es ist wieder so weit, du wirst melancholisch«, ruft Sebastian und springt von seinem Barhocker auf.

»Wir präsentieren«, ruft Sebastian jetzt noch lauter und zeigt mit beiden Händen auf mich, »die neuen Leiden des jungen Herrn L.«

Die Barkeeperin klatscht ein wenig. Sebastian lächelt ihr zu, und sie lächelt zurück. Wie macht er das bloß, dass immer diese jungen Frauen auf ihn stehen? Er setzt sich wieder an die Bar und wir trinken die neuen Gin Tonics. Eigentlich geht's mir doch ziemlich gut, denke ich.

»Wir sollten nicht immer so rumjammern«, sage ich. »Das nervt auf Dauer voll.«

»Du«, sagt Sebastian.

»Was?«

»Du bist hier voll der Emo, nicht ich.«

»Das ist jetzt gemein«, rufe ich, »find ich voll unfair von dir, und das macht mich wirklich traurig.«

»Siehste«, sagt Sebastian.

»Du hast wie immer recht«, sage ich. »Das nervt auch.«

Wir blicken uns mit glasigen Augen an.

»Rock 'n' Roll«, sagt Sebastian.

»Rock 'n' Roll«, sage ich.

Dann gehen wir tanzen.

25
DER SCHNURRBART

Es ist spät. Den letzten Gin Tonic hätte ich nicht mehr trinken sollen. Ich lege mich in mein gemütliches Bett. Gerade als ich im Bett liege, klingelt es an der Tür. Ich habe Kopfschmerzen. Ich werde sterben müssen. Es klingelt wieder an der Tür. Ich gehe zur Tür und mache auf. Vor der Tür steht ein Mann mit einem riesigen Blumenstrauß in der Hand. Außerdem hat er einen enormen Schnurrbart. Ich mag Schurrbärte, mein Vater hat auch einen Schurrbart.

»Guten Morgen«, sagt der Mann.

»Na ja«, sage ich, »das ist Ihre Sicht der Dinge.«

Der Mann tippt mit seinem Finger auf meine Brust und sagt fröhlich: »Sie sind der Herr Schmidt, und ich habe Blumen für Sie. Von Fleurop.«

»Nein«, sage ich, »ich bin Herr Lehmann.« Ich zucke zusammen. Jetzt habe ich es schon selbst gesagt. »Herr Schmidt ist mein Vermieter, der wohnt eins unter mir.«

Der Mann streicht sich hinter dem riesigen bunten Blumenstrauß seinen ebenfalls riesigen Schnurrbart zurecht und blickt mich durch ein paar Rosenblüten traurig an.

»Ich würde jetzt gerne schlafen, wenn Ihnen das nichts ausmacht«, sage ich, schließe die Tür und gehe wieder ins Bett. Mein Kopf tut immer noch weh. Ich überlege, einen Zettel an meine Klingel zu hängen, auf dem steht: »Nicht klingeln.« Im Prinzip werden Klingeln überschätzt. Falls mich Freunde besuchen, könnten sie mich einfach kurz auf dem Handy anrufen, aber außer Sebastian und meiner Freundin kommt mich eh keiner besuchen. Wenn es sonst an meiner Tür klingelt, stehen da immer Menschen, die ich nicht sehen will, dumme Menschen, die mir etwas verkaufen wollen oder ein Päckchen bringen, das nicht für mich ist, denn ich bekomme keine Päckchen. Das ist auch traurig, denke ich, und über diesen Gedanken schlafe ich endlich ein. Da klingelt es an der Tür. Ich wache auf, gehe zur Tür und mache auf. Vor der Tür steht ein Mann mit einem Schurrbart. Ich mag Schurrbärte, mein Vater hat auch einen Schurrbart.

»Vater?«, rufe ich. »Bist du es?«

Der Mann macht einen Schritt in meinen Wohnungsflur und sagt: »Herr Schmidt, jemand hat diese Blumen für Sie gepflückt.«

Der Mann schaut mich sehr sympathisch an. Ich finde, Schurrbärte machen einfach sympathisch.

»Okay, Sie haben gewonnen«, sage ich resigniert. »Lassen Sie die Blumen hier, ich bring sie dann später Herrn Schmidt runter.«

Ich kann Schnurrbartträgern einfach nichts ausschlagen. Also männlichen Schurrbartträgern. Bei Frauen mit Schurrbärten ist das eigentlich, wenn ich es mir recht überlege – auch so.

»Vielen Dank, Herr Schmidt«, sagt der Mann und balanciert den riesigen Blumenstrauß in meine Küche und stellt ihn dort auf den Tisch.

Später am Tag kommt meine Freundin.

»Ich hab was für dich«, sage ich und schiebe sie in die Küche.

»Oh, das ist aber lieb von dir«, ruft sie fröhlich. »Das sind ja sogar meine Lieblingsblumen.«

Jetzt habe ich ein wenig ein schlechtes Gewissen. Aber es geht schnell wieder weg. Wir setzen uns an den Küchentisch.

»Aber was ist das für eine Karte da?«, fragt sie.

»Ach, nur ein Brief für meinen Vermieter.« Schnell fische ich die Fleurop-Karte aus den Blumen und werfe sie aus dem Fenster. Sie segelt direkt auf die zwei überquellenden Tonnen im Hinterhof. Meine Freundin hinter dem Blumenstrauß schaut mich misstrauisch an.

»Soll ich mir eigentlich einen Schnurrbart wachsen lassen?«, frage ich schnell, um von der Karte abzulenken. »Ich mag Schnurrbärte, mein Vater hat auch einen.«

Unsere Gesprächssituation ist leider gerade nicht optimal, weil der riesige Blumenstrauß zwischen uns steht und wir uns gar nicht sehen können.

»Ist das jetzt eigentlich sicher, dass du ausziehen musst, weil sich Herr Schmidt ein Carloft aus deiner Wohnung bauen lassen will?«, fragt meine Freundin, mein Schnurrbartthema ignorierend.

»Sieht so aus«, sage ich, »den Porsche dazu hat er schon gekauft.«

»Dann kannst du ja zu mir ziehen, meine Mitbewohnerin zieht Ende des Jahres aus«, sagt meine Freundin.

»Klar«, sage ich, »gute Idee.«

Stille. Ich blicke den Blumenstrauß an. Jetzt ist es also so weit. Im Schnelldurchlauf zieht mein zukünftiges Leben vor meinen Augen vorbei: Gemeinsame Wohnung, kotzende Babys, Ehekrach, saufende Jugendliche, Geisteswissenschaften studierende Endzwanziger, und am Ende sehe ich mich wie meine Eltern am Kaffeetisch sitzen, und ich streiche mir meinen enormen Schnurrbart zurecht. Ich beschließe, da erst mal nicht mehr dran zu denken.

»Eine Wohnung, in die man sein Auto mitnehmen kann, das ist doch krank«, sage ich dann und biege eine Blume weg, damit ich meine Freundin wieder sehen kann. Aber es sind zu viele Blumen. »Als ich hierher gezogen bin, hatten wir noch Ofenheizung.«

»Damals, '89«, sagt meine Freundin hinter dem Blumenstrauß spöttisch, »als hier noch der Herr Lehmann gelebt hat. Der Echte«, fügt sie noch spöttischer hinzu.

»Weißt du eigentlich, dass man im Herr-Lehmann-Film für eine Millisekunde mein Haus sehen kann?«, frage ich den Blumenstrauß.

»Find den Film noch schlechter als das Buch«, sagt meine Freundin, nimmt den Blumenstrauß und wirft ihn aus dem Fenster in den Hinterhof.

»Oh«, sage ich.

»Wir dürfen kein Pärchen-Klumpen werden, wenn wir zusammenziehen«, sagt meine Freundin, die ich jetzt endlich wieder sehe.

Da klingelt es aber an der Tür. Ich mache auf und blicke in das wütende Gesicht meines Vermieters Herrn Schmidt. In der Hand hält er die Fleurop-Karte und auf dem Kopf trägt er den zerfledderten Blumenstrauß.

»Wenn ich Ihnen nicht schon gekündigt hätte, würde ich Sie jetzt rauswerfen!«, schreit Herr Schmidt. Dabei wippt der Blumenstrauß lustig auf seinem Kopf.

»Haben Sie schon einmal daran gedacht, sich einen Schnurrbart wachsen zu lassen?«, frage ich. »Einen kleinen schmalen, nur unter der Nase?«

Cooler Spruch, denke ich. Aber jetzt bin ich wohl wirklich zu weit gegangen.

»Meinen Sie, der würde mir stehen?«, fragt Herr Schmidt. »Da hatte ich tatsächlich auch schon drüber nachgedacht.«

»Klar«, sage ich, »passt bestimmt gut zu dem hässlichen Blumenstrauß auf Ihrem Kopf.«

Noch coolerer Spruch. Leider habe ich dieses Mal so leise gesprochen, dass Herr Schmidt ihn gar nicht gehört hat. Außerdem hat er ja schon vorher die Tür zugeschlagen und ist nach unten gestampft, er hätte es also auch nicht gehört, wenn ich laut gesprochen hätte.

»Wenn wir dann zusammen wohnen«, sage ich zu meiner Freundin, »dann haben wir keine Klingel, ja?«

»Auf gar keinen Fall«, antwortet sie. »Und du lässt dir auch keinen Schnurrbart wachsen. So alt bist du jetzt auch wieder nicht. Obwohl ...« Sie zeigt auf meinen Kopf. »Ist da nicht ein graues Haar?«

»Soll ich sie lieber abrasieren?«

»Wir sollten eine große Auszugsparty feiern«, schlägt meine Freundin vor, meine Haare wieder ignorierend.

»Und dann machen wir die Wohnung so richtig kaputt, Herr Schmidt«, rufe ich. Wahrscheinlich wieder zu leise.

26
DIE ENTFERNTEN VERWANDTEN

Auch wenn ich jetzt mit meiner Freundin zusammenziehe, solange ich noch keine eigene Familie habe, bin ich noch auf die alte Familie angewiesen. Auf meine Eltern natürlich, aber das ist ja nicht schlimm. Schlimm sind die entfernten Verwandten. Eigentlich denke ich nur an sie, wenn ich dringend mal wieder etwas Geld brauche und nicht arbeiten will. Allerdings ganz ohne Arbeit geht das auch nicht, ich kann nicht einfach so zu einer Großtante zweiten Grades hingehen und sagen: »Gib mir mal hundert Euro, ich will dieses Wochenende mal wieder so richtig Party machen, mich besaufen und Drogen nehmen.« Selbst alte und schwerhörige Autobahn-Verwandte (Autobahn-Verwandte sind die, die immer nach drei Gläsern Kognak sagen: »Er hat ja immerhin die Autobahn gebaut«), denen das Geld sonst locker sitzt, um sich von ihrer sechzig Jahre alten Schuld bei der nachfolgenden Generation freizukaufen, sind da skeptisch.

Trotzdem sind Familienfeste immer die beste Gelegenheit, an verwandtes Geld zu kommen.

Ich bin also mal wieder übers Wochenende nach Freiburg gefahren, weil irgendjemand Geburtstag oder goldene Hochzeit oder Beerdigung hat. Doch sofort als ich mich an den Festtisch setze, werde ich von allen Verwandten in die Mangel genommen, denn ich bin so etwas wie das schwarze Schaf in der Familie, weil ich nicht Fliesenleger oder Bankkauffrau geworden bin, sondern – nichts.

»Na, was macht das Studium?«, fragen sie auch gehässig. Ob das heute was wird mit dem Geld? I really hate them, denke ich.

»Ganz okay«, murmle ich, »ich schreib grad meine Magisterarbeit über sowjetisch-kongolesische Geheimdiplomatie im zwölften Jahrhundert vor Christus. Sehr interessant.«

»Was studierst du denn eigentlich noch mal?«, fragen die Verwandten zum vierunddreißigsten Mal.

»Ältere deutsche Literatur, südeuropäische Geschichte und Philosophie.«

»Was?«, rufen die jetzt auch schon leicht angetrunkenen Verwandten, denn bei solchen familiären Anlässen gibt es immer süße Ananas-Bowle aus riesigen gläsernen Bottichen.

»Deutsch«, sage ich.

»Ach, Lehrer?«, fragen die Verwandten beruhigt.

»Nein«, erkläre ich ebenfalls zum vierunddreißigsten Mal, »ich studiere auf Magister.«

»Was?«

»Ach nichts«, sage ich.

»Wie lange studierst du denn noch? Du bist ja schon Ende zwanzig«, fragen die Verwandten dann.

»Na ja, mal schauen, drei oder vier Monate etwa oder eher fünf, vielleicht sechs, sieben, acht Monate, so ungefähr ein Jahr wird es wohl schon noch dauern ...«

Aber die Verwandten setzen zum Todesstoß an, zur finalen und mein ganzes Leben zunichte machenden Frage: »Und dann ... wenn du fertig bist ...WAS MACHT MAN DANN DAMIT?«

Ich sacke in mich zusammen und nehme einen großen Schluck Ananas-Bowle. Aber ich muss jetzt etwas sagen, die Augen der Verwandten ruhen immer noch auf mir, erwarten eine Antwort, schon kann ich einige von ihnen leise flüstern hören: »Hartz IV halt. Oder Papa. Höhöhö.«

Es hilft nichts. Ich erhebe mich von meinem Stuhl, werfe mich in Pose und sage: »Ich werde Schriftsteller. Ich werde Bücher schreiben. Wichtige Bücher, die ganze Schülergenerationen im Deutschunterricht lesen werden. Ich werde Genres neu definieren, ich werde in den Olymp des Erzählens aufsteigen. Das, liebe Verwandte, werde ich machen, wenn ich nach siebzehn Semestern mein Studium abgeschlossen habe.«

Ich blicke in die Runde. Ich hatte beeindruckte, ja ehrfürchtige Blicke erwartet, aber die Verwandten sehen eher etwas gelangweilt aus, einige von ihnen gießen sich neue Bowle ein, man hört leise die Ananas-Stücke in die Gläser ploppen, andere blicken apathisch ins Leere. Nach einer kurzen Stillephase erhebt sich eine leise Stimme aus der Menge und fragt: »Und verdient man dabei gut?«

»Na ja«, sage ich, »so wichtig ist das ja nicht mit dem Geld ...«

»Was?«, schreien die Verwandten entsetzt und springen auf, so dass die Bowle-Gläser überschwappen.

»Eigentlich werde ich gar nicht Schriftsteller«, rufe ich aber, »ich werde Historiker. Ich werde die Zeitenläufe erfassen, werde die Geschichte in mich aufnehmen, ich werde selbst zur Geschichte werden. Ich werde aber nicht nur beim Blick auf die Vergangenheit stehen bleiben. Denn wer die Augen vor der Vergangenheit verschließt, wird blind für die Zukunft.«

Während meiner kleinen Rede sind einige Verwandte in die Küche gegangen, um beim Abspülen zu helfen, andere haben sich gleich ganz von der Feier verabschiedet. Nur einer ist sitzen geblieben, ich kenne ihn eigentlich gar nicht. Vielleicht ist er gar kein Verwandter, nicht einmal ein entfernter, aber er blickt mich an und fragt: »Und kann man davon leben?«

Jetzt hält mich nichts mehr, ich springe auf den gedeckten Tisch und rufe: »Eigentlich werde ich gar nicht Historiker. Ich werde Philosoph. Platon, Kant, Heidegger, das waren doch nur kleine Denker im Vergleich zu mir. Man wird die Zeit einteilen in eine Zeit vor Sebastian und eine nach Sebastian.

Da sehe ich auf einmal meinen Vater, wie er in einer Ecke im Zimmer steht, im Schatten verborgen. Er ist der Einzige, der noch im Zimmer ist. Er blickt mich aufmunternd an und streicht seinen sympathischen Schnurrbart zurecht.

»Brauchste Geld?«, fragt er.

»Vielleicht ein bisschen«, sage ich leise.

Da tritt mein Vater aus dem Schatten, meine Mutter kommt aus der Küche, beide gehen auf mich zu und nehmen mich in ihre fürsorglichen Arme. Ein Eltern-Klumpen, denke ich. Dann sagt er im Chor: »Ach Sohn, wir mögen dich doch so wie du bist. Für uns brauchst du kein Schriftsteller, kein Historiker, kein Philosoph sein, ein Sebastian reicht uns schon.«

Eltern sind eigentlich doch ziemlich gut. Und friedlich schlafe ich in den Armen des Eltern-Klumpens ein.

27
DIE MOTTO-PARTY

Als ich wieder zurück in Berlin bin, erzählt mir meine Freundin, dass die eine Freundin von der Freundin meiner Freundin deren Schwester eine Party feiert. Und dass sie, meine Freundin, darauf besteht, dass wir dahin gehen, weil sonst die Freundin der Freundin meiner Freundin deren Schwester beleidigt sei. Außerdem sei es eine Motto-Party, sagt meine Freundin.

»Was?«, rufe ich entgeistert.

»Na, alle Partygäste verkleiden sich nach einem bestimmten Motto«, sagt meine Freundin.

»Ich weiß, was eine Motto-Party ist«, sage ich, »mein ›Was?‹ sollte eher bedeuten: ›Bist du jetzt völlig verrückt geworden, dass du auf eine Motto-Party gehen willst.‹«

»Und mein ›Na, alle Partygäste kleiden sich nach einem bestimmten Motto‹, sollte auch nur ein Ausdruck meiner Ignoranz gegenüber deiner Einwände sein«, sagt meine Freundin.

»Was ist das Motto?«, frage ich resigniert.

»Aliens und so«, sagt sie. Auch das noch, denke ich, ausgerechnet Aliens.

Am Abend gehen wir dann auf die Motto-Party. Leider bin ich der Einzige, der nicht verkleidet ist. Ich habe mich geweigert, das *E.T.*-Kostüm, das meine Freundin besorgt hat, anzuziehen. Sie selbst geht als Prinzessin Leia aus *Star Wars*.

Ich komme mir gleich völlig deplaziert vor, denn überall sind Aliens. Vor dem Klo und an der Bar stehen haufenweise Klingonen, Vulkanier oder Han Solos (oder Han Soli, wie auch immer die Mehrzahl von Han Solo lautet). Und ständig kommt ein Mr. Spock oder ein Darth Vader zu mir und fragt, als was ich denn verkleidet sei.

»Als Mensch«, sage ich trotzig.

Die Aliens schauen mit mitleidig an, und ich sage: »Na, für euch bin ich als Mensch doch auch ein Alien.«

Aber sie sehen mich nur weiter völlig verständnislos an und hauen mir mit ihren Leuchtschwertern auf den Kopf.

Ich hatte noch nie viel Glück mit Motto-Partys. Zu meiner ersten Motto-Party ging ich, als ich fünfzehn war. Es war eine Aldi-Party, was bedeutete, dass man nur Produkte von Aldi konsumieren durfte. Wir tranken also Wodka »Uranov« und Fruchtwein »Piri Piri«, bis wir alle kotzen mussten. Wir kotzten auch alle das Gleiche, nämlich »Feuerzauber Texas«, weil wir vorher diese Aldi-Version von Chili con Carne gegessen hatten. Es war schwer auszumachen, ob der Alkohol oder der »Feuerzauber Texas« schuld war. Jedenfalls waren auch unsere Magenprodukte ausschließlich von Aldi.

Überhaupt haben wir in meiner Jugend in Freiburg sehr oft solche Motto-Partys gefeiert. Vielleicht liegt in diesen Jugenderinnerungen auch meine Abneigung gegenüber Motto-Partys begründet. Aber als ich meiner Freundin vorhin diesen Zusammenhang erklären wollte, meinte sie nur, wenn ich ein Problem mit meiner Kindheit hätte, sollte ich doch zum Psychiater gehen und nicht sie mit meinen männlichen Minderwertigkeitsgefühlen belästigen.

Während ich nun diese Berliner Motto-Party beobachte, stelle ich die Top Five der Motto-Partys meiner Jugend auf:

Platz 5: Die Wir-spielen-reicher-Schnösel-Party

Wir rauchten Billig-Zigarren und schnupften Mehl-Linien von einem Handspiegel. Seit damals sind meine Nasennebenhöhlen chronisch verstopft.

Platz 4: Die Wodka-Party

Es gab ausschließlich Wodka zu trinken. In allen Darreichungsformen. Mein Favorit damals: gesprudelter Wodka aus dem Soda-Maxx.

Platz 3: Die Bad-Taste-Party

Ich hatte mich wieder nicht verkleidet. Keiner hat es gemerkt.

Platz 2: Die Big-Lebowski-Party

Bowlen konnten wir alle nicht, hatten auch vergessen, Kahlúa für White Russian zu kaufen, haben also nur gekifft und dazu Milch getrunken. So wie immer eigentlich. Außer die Milch.

Platz 1: Die Dressed-to-get-fucked-Party

Wir waren alle viel zu verklemmt, um ein Sex-Outfit anzuziehen und hatten gehofft, wenigstens die Mädchen kämen in sexy Klamotten. Kamen dann aber gar keine Mädchen.

Im Vergleich zu meinen früheren Motto-Partys ist diese Motto-Party mit den Aliens eigentlich ziemlich gelungen. Es gibt auch kein »Piri Piri«, sondern intergalaktisches Sternburg-Bier. Aber da kommt schon wieder ein Mr. Spock auf mich zu. Meine Freundin ist verschwunden, wahrscheinlich unterhält sie sich gerade mit der Freundin der Freundin oder deren Schwester. Ich versuche, mit meiner Hand den typischen Vulkaniergruß zu machen, aber ich kriege meine Finger nicht so seltsam abgespreizt. Es sieht jetzt eher so aus, als ob ich Mr. Spock den Stinkefinger zeigen würde.

»Tolle Alien-Party hier«, sage ich schnell, um von meiner Hand abzulenken. »Beam me up, hahah.« Ich lache.

Mr. Spock lacht nicht. Aber als Vulkanier unterdrückt er ja auch seine Gefühle.

»Das ist keine Alien-Party«, sagt Mr. Spock.

»Nicht?«, frage ich verwundert.

»Es ist eine ABBA-Party«, sagt Spock.

»Echt?«, rufe ich.

»Nein, das war nur ein unlustiger Vulkanier-Witz«, sagt Mr. Spock und haut mir mit seinem Leuchtschwert auf den Kopf.

»Halt«, rufe ich, »Leuchtschwerter gibt's nur bei *Star Wars*, und du bist *Star Trek*. *Star Trek* ist auch viel besser.«

»Ach ja?«, höre ich es auf einmal hinter mir rufen. Ich drehe mich um und sehe, wie mindestens drei Luke Skywalkers, zwei Han Solos oder Han Soli, und ein Obi-Wan Kenobi (oder heißt die Einzahl Obi-Wan Kenobo?) bedrohlich auf mich zugehen.

»Du findest also *Star Trek* besser als uns?«, ruft einer der Skywalkers und lässt sein Leuchtschwert aggressiv ausfahren. Mir tritt der Angstschweiß auf die Stirn, und alles beginnt sich zu drehen. Ich sehe auf einmal nur noch Luke Skywalkers mit riesigen Leuchtschwertern ... Da kommt zum Glück meine Freundin und zieht mich zur Bar. Dabei winkt sie den *Star-Wars*-Kollegen beschwichtigend zu. Jetzt bin ich ganz froh, dass sie sich als Prinzessin Leia verkleidet hat.

An der Bar nimmt sie meinen zitternden Körper in die Arme und flößt mir einen seltsamen blau leuchtenden Alien-Drink ein.

»Was hast du denn mit dem guten Luke?«, fragt sie besorgt.

»Ich kannte schon einmal einen anderen Luke«, wimmere ich. »In der Grundschule. Schon damals ging ich immer unverkleidet zu den Karnevalfeiern, aber der böse Lukas aus der Parallelklasse, der an Karneval meistens als Zuhälter ging, machte sich immer über mich lustig. Ich erzählte deswegen, dass meine Eltern zu arm wären, um mir eine Verkleidung zu kaufen. Aber dann ärgerten mich meine Mitschüler nur noch mehr und riefen: ›Assi-Kind aus der Hartz-IV-Familie‹ oder so.«

»Oh, wie schrecklich«, ruft meine Freundin ohne zu merken, dass es damals ja gar kein Hartz IV gab und bestellt noch zwei grün leuchtende Drinks.

»Aber dann kam ich auf die Idee, einfach zu erzählen, ich sei als

Mensch verkleidet«, fahre ich fort. »Da waren meine Mitschüler mächtig beeindruckt. So ein cooles Kostüm hatten sie nicht, sie waren nur langweilige Cowboys oder Indianer. Ich dagegen war ein Mensch und wurde dafür geachtet.«

Ich nehme einen Schluck des grünen Drinks. Er schmeckt seltsamerweise nach Banane.

»Aber in der vierten Klasse kam Lukas plötzlich als Luke Skywalker zum Karneval und schlug mir mit seinem Leuchtschwert auf den Kopf. Die Bewunderung aller meiner Mitschüler war Lukas damit natürlich sicher. Mein Mensch-Kostüm war wieder uncool. Und so blieb es dann auch die ganzen restlichen Jahre auf der Schule: Ich war der Uncoole in den Scheiß-Klamotten. Zwar schlug mir niemand mehr mit einem Leuchtschwert auf den Kopf, aber die seelischen Schläge taten mindestens genauso weh. Aber mit Lukas Skywalker hatte alles angefangen.«

Meine Freundin schaut mich mitleidig an. Dann löst sie ihre seltsamen Prinzessin-Leia-Haarkränze und zieht den hässlichen weißen Overall aus, und zusammen gehen wir nach Hause. Als Menschen.

»Ich wollte dir das eigentlich nicht erzählen«, sagt meine Freundin, als wir dann bei ihr in der Wohnung im Bett liegen. »Aber mein erster Freund damals in der Schule hieß auch Lukas.«

Sie greift unter das Bett und fischt etwas hervor. »Und das hier hab ich noch von ihm.« Sie haut mir mit einem Leuchtschwert auf den Kopf.

28
MADELEINES AUF YOUTUBE

Ich sitze mal wieder alleine zu Hause, obwohl Samstagabend ist. Sebastian hat ein Date mit der Barkeeperin, die er letzte Woche kennengelernt hat, nachdem seine Bemühungen um die EDEKA-Kassiererin ins Leere gelaufen sind. Die EDEKA-Kassiererin hatte sehr oft und vergeblich versucht, die Kondome einzuscannen, und Sebastian war erst zu schüchtern, seinen Satz mit dem Geschenk, den ich ihm ans Herz gelegt hatte, aufzusagen, sodass die überforderte Kassiererin den Marktleiter kommen ließ. In diesem Moment sagte dann aber Sebastian doch seinen Satz, sodass sich dann der Marktleiter angesprochen gefühlt hat ... Kurz: Sebastian geht jetzt nur noch bei Kaiser's einkaufen, obwohl der viel weiter weg ist.

Er hat jetzt dieses Date und ich habe nichts zu tun, außer gepflegt ein Glas Rotwein zu trinken. Really embarrassing. Mittlerweile ist es allerdings schon fast eine gepflegte Flasche geworden. Sich alleine zu betrinken, ist wirklich das Allerletzte, denke ich und schütte den Rest Merlot in das Wasserglas, das ich zum Weintrinken missbrauche.

Zu meiner Freundin kann ich auch nicht gehen, weil wir den Entschluss gefasst haben, uns noch ein paar Freiräume zu lassen, bevor wir jetzt endgültig zusammenziehen. Freiräume können aber auch ganz schön langweilig sein.

Plötzlich klingelt das Telefon. Ich höre laute Musik und andere Bargeräusche. Sebastian flüstert irgendwas leise ins Telefon.

»Was ist los«, schreie ich, obwohl es bei mir ja nicht laut ist. »Red mal lauter.«

»Sie ist grad auf dem Klo«, zischt Sebastian.

»Und wie is sie so?«, frage ich.

»Voll der Hammer«, sagt Sebastian, »echt richtig krass. Sie hat mir meinen Gin Tonic extra stark gemischt.«

»Arbeitet die etwa?«, rufe ich. »Ich dachte, ihr hättet ein Date.«

»Ähm, na ja, ich wusste schon, dass sie heute arbeitet. Aber sie kommt gerade zurück, ich muss auflegen.« Ich höre noch, wie Sebastian sagt: »Ich hätte gerne noch einen Gin Tonic, bitte«, dann legt er auf.

Ich schaue wieder auf meinen Computer. Ich checke meine Mails. Ist aber keine gekommen, nicht mal von GMX. Dann gehe ich eben auf YouTube. Und dieser eine Klick bedeutet: Heute Abend werde ich nichts Sinnvolles mehr tun können. Ich klicke mich also durch YouTube, schaue hier mal dreißig Sekunden eines Live-Mitschnittes eines *Oasis*-Lieds an, das ich schon auswendig kenne, da mal zehn Sekunden eines Guru-Treffens in Britz-Süd, aber plötzlich ist da ein Video der Deutschrockband *Tomte*. Vor Schrecken verschütte ich etwas Rotwein. Ich hatte ganz vergessen, dass es *Tomte* überhaupt mal gab.

Für alle, die zwischen 1975 und 1985 in Deutschland geborenen sind, ist *Tomte* hören so etwas wie der Geruch der in Tee getunkten Madeleines für den Ich-Erzähler in Marcel Proust Jahrhundertroman »Auf der Suche nach der verlorenen Zeit« (Vorsicht, Wikipedia-Wissen (wie immer)). So wie sich Prousts Erzähler bei diesem Geruch an seine Kindheit erinnert und damit alles losgeht, erinnert sich der Endzwanziger an seine Anfangzwanziger. Für alle anderen sind *Tomte* weder eine getunkte Madeleine noch sonst was, sondern einfach nur pathetische Adoleszenzmusik mit einem eher mittelmäßigen Sänger – und das ist schon sehr wohlwollend ausgedrückt. Ein intelligenter Mensch hat einmal gesagt: Wer mit zwanzig kein *Tomte*-Fan ist, hat kein Herz, und wer mit dreißig noch *Tomte*-Fan ist, hat keinen Verstand. Ich glaube, der intelligente Mensch war ich.

Als das definitive *Tomte*-Album »Hinter all diesen Fenstern« herauskam, war ich gerade einundzwanzig Jahre alt, machte Zivildienst in Freiburg und war kurz davor, nach Berlin zu ziehen. Die Welt stand offen, war aufregend und äh, ja – offen. Ich fühlte mich so verstanden von *Tomte*. Kannten die mich? Haben die heimlich mein Leben verfolgt und einen Song darüber geschrieben?, fragte ich mich damals. Sie sangen zum Beispiel: »Hinter all diesen Fenstern sitzen Menschen, du hast es immer geahnt.«

Genau so ist es, habe ich gedacht, endlich spricht es mal jemand aus.

Und jetzt klicke ich hier nichts ahnend bei YouTube rum, und plötzlich flimmert eine *Tomte*-Madeleine über den Laptop-Bildschirm. Sofort kommen die Erinnerungen: Ich wandle mit einer Sternburg-Flasche in der Hand durch die Berliner Nacht. Betrunken nicht vom Bier, sondern von der Stadt, von diesem Fernsehturm, der unaufhörlich vor sich hinblinkt, betrunken von den Clubs und den ganzen Mädchen (damals hießen die Frauen noch Mädchen), die ich kennenlernen würde, den Liedern, die ich mitgrölen würde, den Freundschaften, die ich schließen würde, den Küssen, die ich küssen würde. Wie Buchstaben stand es über der Stadt: Ich bin jung, und hier ist die Welt, mach was daraus. Und dann diese Fenster überall, da müssen doch Menschen dahinter sitzen. Das alles war für mich die Musik von *Tomte* – dabei kamen die aus Hamburg.

Natürlich war ich damals auch Indie. Und ich meine hier, einer der richtigen Indies, die noch die *Strokes* hörten und Lederjacken mit Sportanoraks von Adidas kombinierten. Jedes Wochenende ging ich in die Berliner Indieclubs und konnte es nicht glauben: Ja, hier hörten auch noch andere Menschen die Musik, die ich gut fand. Ganz anders als in Freiburg, wo alle nur in glitzernde R&B-Diskos gingen, und die Fliesenlegertöchter ihre Handtaschen unter ihre Axeln klemmten, um zum nächsten Eminem-Hit ihre unzureichend verpackten Fliesenlegerhüften zu schwingen. Und als dann in diesen Indieclubs auch noch *Tomte* gespielt wurden, dann war alles plötzlich genau so, wie ich es mir immer gewünscht hatte, damals in der BRD.

Alle Mädchen rannten zur Tanzfläche, und die Jungs wippten leise im Takt der vertrauten Musik und schauten auf ihre Schuhe. Denn in Indieclubs schauten die Jungs immer nur auf ihre Schuhe, und die Mädchen eigentlich auch. Und alle trugen damals natürlich auch die gleichen Schuhe, nämlich blaue oder schwarze Chucks von Converse. Vielleicht kommt es daher, dass ich immer noch in Clubs und bei Kunstevents auf meine Schuhe schaue. Der andere Sebastian war übrigens nie in Indieclubs.

»Und die Zeit versucht zu trösten, und die Liebe versucht zu bewahren, dass man weiß, dass man drüber hinwegkommt, wie man früher einmal war«, sangen *Tomte*. Und auch wir Jungs, die wir gar nicht singen konnten, sangen mit, weil der Sänger ja auch nicht singen konnte.

Damals redete ich auch grundsätzlich in Superlativen, so wie in *Tomte*-Liedern. Wenn ich ein Mädchen ansprach, was so gut wie nie vorkam, es sei denn, ich war schon sehr angetrunken, sagte ich zum Beispiel: »Ich werde für immer der allertraurigste Indiejunge der Welt sein, und nur du allein könntest mich retten.«

Oder: »Du hast die traurigsten Schuhe, die ich je auf der Welt gesehen habe, aber ich werde sie immer lieben.«

Dann ist die *Tomte*-Madeleine auf YouTube vorbei. Sie hat ganz gut geschmeckt. Ich leere mein gepflegtes Wasserglas Rotwein mit einem Schluck und mache den Computer aus. Ist das jetzt wirklich alles schon so lange her, frage ich mich. Eigentlich doch gar nicht. I'm still young. Und ist wirklich alles schlechter geworden seitdem? Die Musik jedenfalls nicht. Die ist eher viel besser geworden. Ich schaue noch ein wenig aus dem Fenster auf das untere Ende der Wrangelstraße, die wie immer nachts ziemlich ruhig daliegt. Da sitzen all diese Menschen hinter den Fenstern, denke ich, aber eigentlich interessiert mich das wirklich nicht mehr.

Ich rufe meine Freundin an.

»Lass uns die blöden Freiräume vergessen«, sage ich.

»Dacht ich auch schon«, sagt meine Freundin.

»Ich komm dann mal bei dir vorbei«, sage ich, lege auf und mache mich auf den Weg durch das schon ziemlich vertraute und langweilige Berlin.

29
ICH MÖCHTE LIEBER NICHT

»Ich hätte gerne einen großen und einen kleinen Kaffee«, sagt Sebastian zu dem grinsenden Mann hinter dem Tresen dieser amerikanischen Kaffeehauskette an der Friedrichstraße, die er immer »Loserbucks« nennt. »Ich will doch *keinen* Kaffee«, rufe ich ihm zu.

»Ach so«, sagt Sebastian zu mir und fixiert dann wieder den Mann hinter der Loserbucks-Theke. »Dann hätte ich gerne einen großen und keinen Kaffee, bitte.«

Der Mann schaut uns verwirrt an.

»Wir haben ein neues Konzept erfunden, um gegen den Kapitalismus zu protestieren«, sagt Sebastian schlagfertig. »Wir sagen auch immer das, was wir nicht haben wollen.«

»Wollen Sie vielleicht auch kein Stück Kuchen oder keinen Muffin?«, fragt der Mann ungerührt zurück.

»Oh ja, bitte«, sagt Sebastian. »Das hätten wir wirklich sehr gerne nicht.«

»Das sollten wir jetzt immer so machen«, sage ich zu Sebastian, als wir wieder draußen auf der Friedrichstraße stehen und Sebastian an seinem Bio-Latte-Schoko-Erdbeer-Vanille-Mokka mit Asbest-Streuseln nippt. »Das ist echt voll das gute Konzept.«

»Sag nicht immer ›echt voll‹, das ist wirklich total 90er, du Opfer«, sagt Sebastian. »Außerdem hatte vor hundertfünfzig Jahren ein gewisser Bartleby schon die gleiche Idee.« Sebastian nimmt noch einen Schluck von seinem Kaffee in Anführungsstrichen und verabschiedet sich.

Ich fahre nach Hause, aber gehe vorher noch zum Bäcker, um das neue Konzept zu erproben.

»Guten Tag«, sage ich zur freundlich lächelnden Bäckersfrau. »Ich hätte gerne keinen Laugenkringel, keine zwei Mohnbrötchen und auch kein Nuss-Nougat-Croissant.«

Die Bäckersfrau schaut mich an und fragt: »Darf's noch was außerdem nicht sein?«

»Nein, danke, das wär's nicht«, sage ich.

»Das macht dann null Euro null«, sagt die Bäckersfrau, lächelt mich unverbindlich an und reicht mir eine Tüte mit nichts drin.

»Danke, ich brauche keine Tüte«, sage ich und verlasse den Laden. Das hat ja schon mal gut geklappt.

Zu Hause schalte ich erst mal den Fernseher an und zappe durch die Kanäle, bis ich zu so einem Verkaufssender komme. Ich rufe sofort an und sage höflich, als sich nach zwei Stunden Warteschleife eine überfreundliche Stimme meldet: »Ich möchte bitte nicht das Messing-Messer-Set ›Scharfe Klinge‹ für 119,95 Euro kaufen. Und bitte auch nicht den Chuck-Norris-Saft-Mixer für 356,99 Euro.« Dann lege ich auf.

Ich fühle mich befreit. Sofort wähle ich die Nummer von O2, die mich seit zwei Monaten mit neuen Supersparpreis-Angeboten nerven.

»Ich möchte bitte nicht die brandneue O2-Handyflatrate mit zehntausend Freiminuten, Surfstick und Zweithandy für 788 Euro monatlich«, rufe ich, als sich eine Computerstimme meldet.

Die Computerstimme sagt: »Wenn Sie Informationen zu einem O2-Produkt möchten, dann drücken Sie jetzt ...« Aber ich lasse sie nicht ausreden und rufe: »Ich verweigere mich ihren blöden Angeboten. Ich kämpfe jetzt für eine Welt, in der auch mal nicht gekauft werden muss. Eine Welt, in der es im Supermarkt zwei Kassenbänder gibt, ein Band für Produkte, die man kaufen möchte, und eins, auf das man die Produkte drauflegt, die man lieber nicht haben möchte. Und bei Amazon gäbe es einen großen Button, auf den man drücken kann und dann kommt das Buch in den Keinkaufswagen.«

»Sie möchten also Informationen zu den O2-Produkten ...«, sagt die Computerstimme, aber ich werfe das Telefon aus dem Fenster und stürme auf die Straße. Inzwischen ist es Abend geworden und ich gehe in eine hässliche Cocktail-Bar in Mitte. Ich bestelle beim Barkeeper keinen Cocktail und auch kein Bier, und setze mich dann zu einem hübschen Mädchen an den Tisch, das mich verheißungsvoll anlächelt.

»Hallo«, sage ich freundlich zu ihr, »könnte ich bitte nicht deine Telefonnummer haben? Ich würde dich gerne nie wieder sehen.«

»Aber natürlich nicht«, sagt das Mädchen ebenfalls freundlich. »Ich finde dich ja auch außerordentlich nicht attraktiv.«

Dann verabschieden wir uns nicht und ich renne wieder raus auf die Straße.

Am Hackeschen Markt stoße ich mit einer Horde Touristen in Multifunktionskleidung zusammen. Sie halten mich sofort fest und rufen: »Hello, could you show us where the Berliner Mauer is, we want to look into the Osten?«

»I would prefer not to«, sage ich. »There's no Osten and Westen anymore, just Middle. And all the communists have to work in the Mauermuseum at Checkpoint Charlie.«

Die Touris schauen mich verdutzt an, ich befreie mich aus ihrem Griff und laufe weiter.

»Na, Kleiner«, fragt mich dann eine Prostituierte auf der Oranienburger Straße, »möchtest du ein bisschen Spaß?«

»Nein, ich möchte lieber keinen Spaß«, rufe ich. »Kein Blasen, keinen Analverkehr und auch keine Fesselspiele, bitte. Ich lehne nämlich das Konzept von käuflichem Sex ab.«

Plötzlich steht ihr Zuhälter vor mir. Er streicht sich über sein vernarbtes Gesicht und bedroht mich dann mit einem riesigen Messer aus dem »Scharfe-Klinge«-Messerset.

»Ich möchte lieber nicht sterben«, flehe ich den Zuhälter an.

»Det is mir aba scheißejal, wat du willst und wat du nicht willst. So is dit halt hier in unserer Welt: Es jibt immer eenen, der stärker is und der hat das Sagen«, sagt der Zuhälter in einem seltsam schlechten Berliner Dialekt und schickt sich an, mich zu erstechen.

Man kann eben im Leben nicht immer alles nicht haben.

»*CSI Berlin Mitte*, Klappe die erste«, ruft da aber die Praktikantin Hanna von SAT.1, die plötzlich neben mir und dem Zuhälter steht. »Schöne Szene, Sebastian. Danke.«

30
iTÜR

Ich wache auf. Es hat an der Tür geklingelt. Warum habe ich bloß noch nicht meinen Plan umgesetzt und die Klingel ausgemacht? Ich schlafe sofort wieder ein. Ich wache auf. Es hat noch mal an der Tür geklingelt. Ich gehe zu meiner Wohnungstür, aber da ist keine Wohnungstür mehr. Wäre ich nicht so müde, würde ich mich jetzt wundern.

Vor der nicht vorhandenen Tür steht ein dicker Mann in einer zu kleinen grünen Uniform, der sich gerade anschickt, zum dritten Mal meine Klingel zu betätigen. Der Mann hält ein riesiges Paket in der Hand.

»Oh, hab ich Sie aufgeweckt?«, fragt der grüne Postmann.

Er hält mir ein riesiges Paket vors Gesicht. Ich schaue seine hässliche Uniform an, und plötzlich erinnere ich mich wieder an ein Telefongespräch mit meiner Mutter, das ich vor ein paar Tagen geführt, aber danach sofort wieder vergessen habe. Ich bin ja sehr vergesslich.

»Wie kannst du nur mit so einem Handy leben?«, hatte mich meine Mutter fast hysterisch und wie immer sehr laut gefragt. »Man hört dich ja kaum, so leise ist das.«

»Ich höre dich gut«, sagte ich.

»Was?«, schrie meine Mutter so laut, dass ich den Hörer wie immer weit von mir weghielt. »Ich kann dich nicht hören.«

»Ich höre dich gut«, schrie ich noch lauter.

»Schrei mich nicht so an. So spricht man doch nicht mit seiner Mutter.«

Ich schlug mit dem Kopf auf meinen Küchentisch.

»Das hilft alles nichts«, sagte dann meine Mutter. »Ich werde dir mein altes iPhone schicken, das ist ja immer noch besser als dieses Ding von dir. Ich versteh einfach nicht, wieso du dich immer gegen die neusten technischen Entwicklungen sträuben musst. Kürzlich habe ich mir zum Beispiel ein neues Navigationsgerät ...«

»Hallo, guter Mann, sind Sie noch am Schlafen oder was?«, fragt der Postmann und streckt mir sein riesiges Paket entgegen.

»Das ist bestimmt das iPhone von meiner Mutter«, sage ich immer noch sehr verschlafen zu dem Postmann. Dann blicken wir beide das riesige Paket in den Händen des Postmanns an.

»Sie haben keine Tür«, sagt der Postmann schließlich.

»Tatsächlich«, sage ich. »Seltsam.«

»Ich muss jetzt mal«, sagt der Postmann, hievt das auch sehr schwere Paket auf mich drauf und stampft die Treppe runter.

Ich schaue mir das Paket genauer an. Es ist nicht das iPhone meiner Mutter, es sind Motorradersatzteile für meine Nachbarn im Hinterhaus. Meine Nachbarn sind nämlich Hell's Angels. Wenn sie nicht gerade ihre Harley Davidson im Innenhof frisieren und dabei den Motor dreißigmal hintereinander aufjaulen lassen, bestellen sie in Amerika Ersatzteile für ihre Motorräder. Die muss ich dann immer entgegennehmen, weil sich die Hell's-Angels-Brüder von nebenan jeden Abend mit Jonny Walker ins Koma saufen und die Klingel nicht hören.

Ich stelle das Paket in meinen Flur, gehe wieder ins Bett und schlafe sofort ein.

Ich wache auf. Es hat geklingelt. Ich stehe nicht auf, sondern rufe stattdessen: »Is auf!«

Nichts passiert, dann klingelt es noch mal. Langsam erhebe ich mich vom Bett und gehe zum Türrahmen. Im Treppenhaus steht ein anderer Mann mit einem grauen Rauschebart, der einen großen Blaumann trägt und mir irgendwie bekannt vorkommt.

»Ach, haben Sie noch geschlafen«, sagt der Blaumann-Mann.

Ich sage nichts und blicke ihn lange an.

»Sie haben keine Tür«, sagt der Blaumann.

»Erzählen Sie mir doch mal was, was ich noch nicht weiß«, sage ich schnippisch.

»Seien Sie doch nicht gleich so schnippisch«, sagt der Blaumann. »Ich wollte Sie nur informieren, dass wir das Wasser im ganzen Haus abstellen. Ham Sie da was gegen?«

»Wenn ich jetzt ›ja‹ sagen würde, was würden sie dann machen?«, frage ich.

»Trotzdem abstellen«, sagt der Blaumann.

»Wenigstens sind Sie ehrlich«, sage ich.

»In einem anderen Leben wären wir Freunde geworden«, sagt der Blaumann, ohne eine Miene zu verziehen.

In diesem intimen Moment kommt einer dieser Werbewurfsendungsjungen die Treppen hochgerannt, nimmt einen Werbezettel aus seiner Umhängetasche und will ihn gerade in meinen Briefkastenschlitz in der Tür werfen, als er plötzlich innehält. Er blickt uns beide verständnislos an und sagt: »Da ist keine Tür.«

»Richtig«, sage ich.

»Heutzutage ist nichts mehr sicher, und alles steht offen«, sagt der Blaumann.

»Vielleicht ist die Tür auch nur ein Symbol«, sagt der Wurfsendungsjunge. »Und es bedeutet, dass du neue Einflüsse in dein Leben lassen musst. Du hast lange studiert, deinen Kopf mit viel Wissen angehäuft, jetzt musst du ihn wieder öffnen und alles Neue in ihn hineinfließen lassen.«

»Das Leben ist nur ein kurzer Schluck aus der Flasche der Geschichte«, sage ich.

»Gut zusammengefasst«, sagt der Blaumann.

Wir drei blicken uns eine Weile wortlos an, bis der Blaumann sagt: »Wir gehen dann mal wieder.« Er nimmt den Werbewurfsendungsjungen an der Hand und wankt mit ihm zusammen die Treppe hinunter.

Ich gehe wieder ins Bett und schlafe sofort ein.

Ich wache auf. Es hat geklingelt. Ich stehe auf, vielleicht ist es ja jetzt das iPhone von meiner Mutter. Vor der nicht vorhandenen Tür steht aber ein dicker Mann in Ledermontur.

»Ach, Sie haben auch keine Tür«, sagt der Ledermann.

Vielleicht weiß er mehr als ich. Leider bin ich zu müde, um der Sache mit der Tür auf den Grund zu gehen und sage weiter nichts.

»Sie haben ein Paket für mich«, sagt der Ledermann, und ich reiche ihm wortlos das riesige Paket über die Türschwelle.

»Geil, die neuen Radkappen«, ruft er und rennt sofort die Treppen runter.

Ich gehe wieder ins Bett und schlafe nicht sofort ein, weil der Hell's-Angels-Nachbar jetzt auf dem Innenhof sein Motorrad frisiert und es ständig aufheulen lässt.

Das Telefon klingelt. Ich stehe auf und nehme ab.

»Ah, du bist schon wach?«, schreit meine Mutter. »Ist das iPhone schon angekommen?«

»Ich habe keine Tür mehr«, sage ich.

»Auch das noch«, schreit meine Mutter. »Aber das wird schon alles wieder, wenn du erst mal ein neues Handy hast. Bis dann, mein Schatz.« Ich will noch etwas sagen, damit sie mich bemitleidet, aber sie hat schon wieder aufgelegt.

Ich gehe in meinen Flur und schaue auf die Öffnung, in der früher einmal meine Tür hing. Vielleicht sind das die ersten Umbaumaßnahmen von meinem Vermieter Herrn Schmidt. Deswegen ist bestimmt auch das Wasser abgestellt. Es geht los, bald ist meine Wohnung nur noch ein Carloft. Und jetzt wird die Tür vergrößert, damit Herr Schmidts Porsche auch in die Wohnung passt. Traurig blicke ich weiter durch das Loch in meiner Wohnung ins Treppenhaus, in dem jetzt die Putzfrau steht, die morgens das Treppenhaus wischt und dabei jedes Mal mit ihrem Wischmob mehrere Male hintereinander an meine Wohnungstür donnert, damit ich aufwache.

Sie stellt ihren Eimer vor meinen Türrahmen, tunkt den Wischmob ein und beginnt zu wischen. Der kritische Moment rückt immer näher, ihre Wischbewegungen kommen meinem Türrahmen näher und näher, bald hat sie die Stelle erreicht, wo sie sonst immer gegen die Tür donnert. Ich schaue gespannt abwechselnd auf den Wischmob und in das Gesicht der Putzfrau, aber da wischt sie auch schon über meine nackten Füße. Irritiert hält sie inne. Dann versucht sie es noch einmal. Sie holt weit aus und donnert mit dem Mob gegen mein Schienbein. Ich schreie laut auf.

Die Frau blickt in meine vor Schmerz weit aufgerissenen Augen.

»Ihre Tür«, stammelt sie.

»Ich weiß«, sage ich.

»Warum?«, fragt sie leise.

»Das ist der Anfang vom Ende«, sage ich. »Das Haus löst sich langsam auf.«

»Was Sie nicht sagen«, sagt die Putzfrau und beginnt wieder die Treppe zu wischen.

»Bald wohnen hier nur noch Autos«, sage ich verschwörerisch.

»Ja natürlich«, sagt die Putzfrau und wischt unbeeindruckt weiter. Anscheinend glaubt sie mir nicht und denkt, ich sei verrückt, weil ich keine Tür habe.

»Ein Carloft«, rufe ich etwas zu laut, »Wohnungen für die Luxuskarossen von Herrn Schmidt.«

»Sicher«, sagt die Putzfrau gelangweilt.

»Sie müssen mir glauben«, rufe ich. »Das sind wirklich die Pläne von Herrn Schmidt.«

»Ja ja«, sagt die Putzfrau, ohne mir zugehört zu haben. Dann verschwindet sie, immer noch wischend, ein Stockwerk tiefer.

Ich blicke wieder durch das Loch in meiner Wohnung ins Treppenhaus. Schließlich mache ich einen Schritt durch die Öffnung nach draußen und sehe plötzlich ein schmales Päckchen, das neben meiner Türöffnung im Treppenhaus lehnt. Ich reiße es sofort auf und halte das iPhone meiner Mutter in der Hand. Es glänzt schön und ist ganz leicht. Ich gehe wieder in meine Wohnung, lege mich in mein Bett, das iPhone daneben auf ein eigenes weißes Kissen, und schlafe sofort ein.

31
DAS LEBEN IST KEIN SOFIA-COPPOLA-FILM

Schon wieder ist Winter. Das ist so ein Satz, den kann man nicht denken, ohne ihn gleich als Metapher aufzuladen. Der Satz heißt eigentlich: Es ist sehr viel Zeit vergangen, aber es ist fast nichts passiert. Jetzt ist bald alles zu Ende. Wir müssen alle sterben. Die Welt ist schlecht. Ich bring mich jetzt um. Nordkorea greift den Süden an. Atomkrieg. Die Menschheit wird ausgerottet, das Universum wird zu einem riesigen schwarzen Loch, sodass selbst Gott sterben muss.

Das alles denke ich, während ich das untere Ende der Wrangelstraße hinuntergehe, das ruhig in diesem klaren Nachmittags-Winterlicht daliegt, das mich immer an alte Fotos aus den 70er Jahren erinnert. Oder an Sofia-Coppola-Filme, an *Lost in Translation* zum Beispiel. Schnell skippe ich auf meinem mp3-Player zu »Just Like Honey« von *The Jesus and Mary Chain,* und plötzlich bin ich in einem Musikvideo. Mein Gang wird leichter, die Kälte ist nicht mehr ganz so kalt, und die Häuser um mich herum und die Leute, die hin und wieder an mir vorbeilaufen, die Autos und die Fahrräder sind nur noch Kulisse in meinem Video. Das Gefühl geht ungefähr dreißig Sekunden lang, dann bin ich wieder in der Realität.

»Papa«, sagt da plötzlich jemand unter mir. Vor mir steht das nette kleine Mädchen aus dem Görlitzer Park.

»Kommt ihr eigentlich alle wieder?«, frage ich leise, aber das Mädchen antwortet nicht, sondern schleckt stattdessen an einem riesigen Schokoladen-Eis, das es sogar bei diesen winterlichen Temperaturen in den behandschuhten Händen hält.

»Ganz schön kalt«, sage ich.

Das Mädchen sagt nichts und schaut mich weiter hinter seinem Schoko-Eis versteckt an.

»Der Winter macht mir doch immer wieder bewusst, wie vergänglich alles ist und wie, äh, kalt«, sage ich.

Aber das Mädchen sagt nur wieder: »Papa.« Ich zucke zusammen.

»Du musst damit aufhören«, rufe ich. »Sonst ist das wie mit der Werbung. Wenn sie dir lange genug sagen, dass Apple-Computer viel schöner und besser sind, dann glaubst du das auch. Und irgendwann glaube ich auch noch, dass ich der Papa von dir bin.«

Das Mädchen schaut mich schweigend an. Es wirkt traurig, aber vielleicht bilde ich mir das auch nur ein.

»Okay, das war jetzt kein so guter Vergleich«, sage ich, »Apple-Computer sind ja wirklich viel schöner und besser. Aber du verstehst das Prinzip.«

Das Mädchen schaut mich weiter an und sagt nichts.

»Ich dachte ja früher immer, wenn ich dann mal erwachsen bin, so mit Ende zwanzig, dann bin ich auch größer, stärker, markanter und behaarter – eben männlicher. Dann werde ich schon wegen meines Aussehens ernst genommen, kann Verantwortung übernehmen und Papa werden. Aber irgendwie habe ich das Gefühl, ich sehe immer noch genauso aus wie mit neunzehn.«

Das kleine Mädchen hält mir ihr Schoko-Eis hin und ich schlecke daran. Es schmeckt eher mittelmäßig.

»Neulich wurde ich zum Beispiel bei Kaiser's gefragt, ob ich auch schon alt genug sei für die vierzehn Sixpacks Beck's Green Lemon, die ich gerade kaufen wollte«, sage ich. »Ist das nicht ein Zeichen für meine Unreife? Mir wird nicht mal zugetraut, mich verantwortungsbewusst zu betrinken.«

Traurig schaue ich das Mädchen an. Inzwischen hat es sein Eis aufgegessen.

»Ja ja, ich weiß, was du sagen willst, ich gebe immer unwichtigen Details eine zu große Bedeutung, bausche Tatsachen zu Symbolen auf, von denen ich nicht mal weiß, was sie bedeuten. Ich sehe zwar auch die Absurditäten des alltäglichen Lebens und der Leistungsgesellschaft, die ich aber wiederum mit uneindeutiger Bedeutung auflade, und am Ende macht mich das alles unbestimmt traurig.«

Das Mädchen schaut mich an und sagt leise, sodass ich es fast nicht hören kann: »Papa.«

»Das Leben ist wie ein Film von Sofia Coppola«, rufe ich. »Die ganze Zeit passiert nichts, aber das hat immer wahnsinnig viel zu bedeuten, man weiß aber nicht was. Und irgendwie ist das dann immer traurig und lustig zugleich.«

Das Mädchen sagt schon wieder »Papa« zu mir, dieses Mal lauter, aber ich beachte es schon gar nicht mehr.

»Auch immer diese Sätze mit ›Das Leben ist wie ein ...‹ oder so. Das ist wirklich furchtbar selbstmitleidig und verallgemeinernd. Das Leben ist wie ein Film. Oho. Das hat ja noch nie jemand vor mir gedacht.« Ich lache hysterisch.

»Was machst du denn da?«, sagt da plötzlich jemand hinter mir. Ich drehe mich sofort um und blicke meiner Freundin ins erstaunte Gesicht. Wie lange steht sie denn da schon?

Das kleine Mädchen schaut jetzt meine Freundin an. Dann deutet sie auf meine Freundin und sagt: »Du. Mama.«

Meine Freundin schaut völlig entgeistert erst mich an, dann das Mädchen.

»Mama«, sagt da das Mädchen schon wieder und deutet auf uns: »Mama und Papa.«

»Komm, wir gehen«, sagt meine Freundin und zieht mich weg.

Langsam gehen wir die Wrangelstraße weiter in Richtung meiner Wohnung. Als wir einige Meter vom Mädchen entfernt sind, rennen wir los.

»Hoffentlich folgt sie uns nicht«, rufe ich meiner Freundin zu.

»Nicht zurückschauen!«, schreit meine Freundin.

32
DIE AUSZUGSPARTY

Es ist Viertel nach drei nachts. Ich stehe im Flur bei meiner Auszugsparty und bin sehr betrunken. Es klingelt an der Tür. Das interessiert keinen. Mich auch nicht, ist eh schon zu voll mit Leuten, die ich nicht kenne. Es klingelt noch mal an der Tür.

»Kann das mal aufhören mit dem ewigen Geklingel«, rufe ich betrunken. Ich werfe meine Beck's-Green-Lemon-Flasche auf den Boden. Sie geht nicht kaputt. Das Parkett schon. »Haha, Herr Schmidt«, lache ich böse, aber leise. Es klingelt noch mal an der Tür. Ich befühle meinen Kopf. Warum habe ich eigentlich eine vollständige Glatze, so alt bin ich doch noch gar nicht? Aber es fühlt sich gut an, so glatt.

Jetzt schlägt jemand mit einer Axt die Tür ein. Das interessiert keinen. Mich auch nicht, die Tür war eh schon eingetreten. Plötzlich marschieren fünfzehn Polizisten in meine Wohnung und besetzen die strategisch wichtigen Punkte meiner Wohnung vor der Toilette, neben dem Kühlschrank mit dem Nachschub und meinem Zimmer mit der Musikanlage. Ein Polizist nimmt ein Megafon vor den Mund, hält es mir direkt an mein Ohr und ruft: »Machen Sie sofort die Musik aus. Wenn wir noch mal kommen müssen, dann nehmen wir ihren CD-Player mit.«

Den blöden CD-Player können sie gleich mitnehmen, denke ich, der springt sowieso immer. Dann marschieren die Bullen wieder raus aus der Wohnung. Ich gehe sofort in mein Zimmer, nehme den CD-Player und werfe ihn aus dem Fenster auf die Straße.

»Rock 'n' Roll«, ruft jemand. Ich glaube, das bin ich.

Ein Tag davor:

Ich rufe zum siebten Mal bei der Beschwerde-Hotline von Sony an, weil mein CD-Player immer springt. Sony ist eine weibliche Computerstimme, die mich auffordert, doch bitte einen Moment Geduld zu haben. Meine Geduld kostet mich zwei Euro die Minute.

Zehn Minuten Warteschleife.

Sony meldet sich wieder, und ich soll ihre Fragen beantworten: »Wollen Sie Informationen zu einem neuen Produkt, oder haben Sie Probleme mit einem bereits gekauften Produkt?«

Ich antworte: »Probleme mit einem bereits gekauften Produkt.«

Stille.

»Ich habe Sie nicht verstanden. Bitte sprechen Sie langsam.«

Ich antworte sehr langsam: » Proooblemeeeee miiiit eeeinem ...«

»Ihre Zeit ist um. Wollen Sie Informationen zu einem neuen Produkt, oder haben Sie Probleme mit einem bereits gekauften Produkt?«

»Proobleemeee miiit eiiinem bereits gekauften Produkt.«

Stille.

»Sie wollen also Informationen zu einem neuen Produkt.«

Ich lege auf.

Ein Tag davor:

Das Telefon klingelt.

»Es könnte sein«, sagt Sebastian ohne Begrüßung, »dass meine kleine Cousine, die vor ein paar Tagen zwei Minuten in meiner Wohnung war, als du auch da warst, Läuse hat.«

»Ahh«, schreie ich, »Läuse! Mein ganzer Kopf juckt, schon seit gestern juckt mein ganzer Kopf.«

Ich renne ins Bad und rasiere alle meine Haare ab. Und wenn ich alle sage, dann meine ich alle. Auf dem Kopf sind ja nur ein Bruchteil aller Körperhaare anzufinden, die ein durchschnittlicher Mann so mit sich herumträgt. Ich brauche drei Stunden für die komplette Rasur, danach bin ich so glatt wie ein Delfin.

Zehn Minuten später ruft Sebastian an. »Nee, doch falscher Alarm, die hatte doch nicht Läuse, sondern nur Schuppen.«

Auch egal, denke ich, Frauen finden Delfine ja niedlich.

Ein Tag davor:

Ich blicke durch die Öffnung in meinem Flur, wo früher immer meine Tür hing. Jetzt hängt da keine Türe mehr. Ich gehe ein Stockwerk nach unten und klingle bei meinem Vermieter Herrn Schmidt, vielleicht weiß er ja, wo meine Tür hingekommen ist.

Herr Schmidt öffnet die Tür. Seit Neustem trägt er einen kleinen schwarzen Schnurrbart nur unter der Nase.

»Steht Ihnen gut, Ihr politisches Bärtchen«, sage ich. »Aber wissen Sie vielleicht, wo meine Wohnungstür geblieben ist?«

»Sie haben doch nicht etwa Ihre Tür verloren, das ist ja ungeheuerlich«, schreit Herr Schmidt. Dabei wackelt sein politisches Bärtchen unter der Nase aufgeregt hin und her.

Ich muss daran denken, wie ich einmal mit easyJet nach Budapest geflogen bin, mein Gepäck verloren ging und die Frau am Gepäckreklamationsschalter sagte: »Wir haben Ihr Gepäck nicht verloren, es ist im Moment nur nicht da.«

Ich blicke Herrn Schmidt in seine stahlblauen Augen. »Ich habe die Wohnungstür nicht verloren, sie ist im Moment nur nicht da«, sage ich.

»Studieren Sie Philosophie oder was?«, ruft Herr Schmidt.

»Theoretisch schon«, sage ich, »seit 17 Semestern theoretisch.«

Ich sehe ein, dass Herr Schmidt auch nichts über den Verbleib meiner Wohnungstür weiß, also gehe ich wieder nach oben. Dort wartet schon Sebastian und betrachtet die Öffnung, die früher einmal meine Tür war.

»Seltsam«, sagt Sebastian, »wie ist das geschehen?« Er holt eine kleine Lupe und eine Pinzette aus seiner Tasche und schaut sich die Türangeln genauer an. »Faszinierend«, sagt Sebastian.

»Was ist faszinierend?«, rufe ich.

Sebastian blickt mich lange an und dann wieder die Türöffnung.

»Die Tür fehlt«, sagt er.

Stille.

»Da fällt mir ein, dass mein Harley-Davidson-Rocker-Nachbar gestern angedeutet hatte, dass er auch keine Tür habe«, rufe ich.

Sofort rennen wir in den Hof, wo der Rocker gerade sein Motorrad aufheulen lässt, aber im ersten Stock stoßen wir mit dem Handwerker zusammen, der gestern das Wasser abgestellt hat. Heute trägt er allerdings keinen Blaumann, sondern einen blauen Anzug, der ihm einige Nummern zu groß ist und seidig glänzt.

»Na, mein Freund, Tür wieder aufgetaucht?«, fragt er.

»Nee, steht immer noch alles offen«, antworte ich.

Der blaue Mann setzt sich behäbig auf die Treppe. Wir setzen uns auch, jeder auf eine Seite von ihm, sodass er je einen seiner starken Arme um einen von uns legen kann.

»Eigentlich bin ich gar kein Handwerker, sondern Eisverkäufer«, sagt er. Erst jetzt erkenne ich ihn. Wir blinzeln uns verschwörerisch zu, damit Sebastian nichts merkt.

»Wisst ihr, an was mich die fehlende Tür erinnert?«, fragt der Eisverkäufer. »Sie erinnert mich an jenen verrückten Menschen, der am hellen Vormittag eine Laterne anzündete, auf den Alexanderplatz lief und unaufhörlich schrie: ›Ich suche eine überirdische Macht!‹ Aber die umstehenden Touristen lachten ihn aus, denn sie glaubten nicht an eine überirdische Macht. Da rief der verrückte Mensch: ›Wir haben die überirdische Macht getötet. Aber wie haben wir das gemacht? Wer gab uns den Schwamm, um den ganzen Horizont wegzuwischen? Was taten wir, als wir diese Erde von ihrer Sonne losketteten? Wohin bewegt sie sich nun? Wohin bewegen wir uns? Stürzen wir nicht fortwährend? Rückwärts, seitwärts, vorwärts, nach allen Seiten? Gibt es noch ein Oben und ein Unten? Irren wir nicht wie durch ein unendliches Nichts? Haucht uns nicht der leere Raum an? Gibt es denn keine Türe mehr? Ist es nicht kälter geworden? Kommt nicht immerfort die Nacht und mehr

Nacht? Müssen nicht Laternen am Vormittag angezündet werden? Hören wir noch nichts von dem Lärm der Totengräber, welche die überirdische Macht begraben? Die überirdische Macht ist tot.‹ Und hier schwieg der verrückte Mensch, und die Touristen blickten ihn befremdet an.«

Sebastian und ich schauen den Handwerker-Eisverkäufer an. Erst jetzt sehe ich auch, dass er keinen grauen Rauschebart mehr hat, sondern nur noch einen buschigen Schnurrbart. Dann lässt er uns wieder aus seinen Armen frei.

»Eine Frage hätte ich noch«, sage ich. »Haben sie Ihren Blaumann verloren?«

»Ich habe den Blaumann nicht verloren, er ist im Moment nur nicht da«, antwortet er.

Dann verabschieden wir uns und steigen wieder hinauf zu meiner Wohnung.

Oben können wir fast nicht glauben, was wir da sehen: Eine große, neue Tür verschließt wieder die Öffnung zu meiner Wohnung.

»Ein Wunder!«, ruft Sebastian.

»Blöd ist nur, dass mein Schlüssel in der Wohnung liegt«, sage ich.

»Na, dann müssen wir sie wohl eintreten«, sagt Sebastian.

Wieder zurück. Meine Auszugsparty. Fünfzehn Minuten später:

Es klingelt an der Tür. Das interessiert keinen. Mich auch nicht, ist eh schon zu voll mit Leuten. Es klingelt noch mal an der Tür.

»Du bist so niedlich, du siehst aus wie ein Delfin«, sagt ein Mädchen zu mir.

Da kommen die Polizisten einfach so in die Wohnung rein, die Tür ist ja eh schon eingetreten. Sie gehen in mein Zimmer und suchen den CD-Player. Es klingelt an der Tür.

»Gibt es noch ein Oben und ein Unten? Stürzen wir nicht ständig seitwärts, vorwärts und so?«, fragt mich lallend ein Betrunkener, der seltsamerweise einen aufgeklebten Schnurrbart trägt, und fällt um, weil er auf meiner Beck's-Green-Lemon-Flasche ausgerutscht ist.

Dann öffne ich die kaputte Tür. Mein Vermieter Herr Schmidt betritt die Wohnung. Sein Kopf steckt in einem Sony-CD-Player. Er will etwas sagen, aber in diesem Moment fährt das CD-Fach heraus.

»Tut uns leid«, sagt ein Polizist zu Herrn Schmidt, »wir müssen Sie jetzt mitnehmen.«

33
DER UMZUG

Meine Zeit am unteren Ende der Wrangelstraße ist fast vorbei. Bald wohne ich mit meiner Freundin zusammen. Das ist wohl normal mit Ende zwanzig. Das hätte ich mit siebzehn nie gedacht, dass ich mal so alt werde. Ende zwanzig, das waren doch die, die noch im Krieg waren, dachte ich damals. Jetzt erzähle ich selbst vom Krieg. Vom Krieg 1995 zwischen *Oasis* und *Blur* um Platz eins der britischen Charts.

Umzüge sind ja immer ganz gut zum Bilanzziehen. Leider habe ich dazu ein viel zu schlechtes Gedächtnis. Ich kann mich zum Beispiel nicht mehr an meine frühe Kindheit erinnern. Da ist nichts. Nur Leere. Freunde von mir können sich zum Beispiel daran erinnern, wie sie in der dritten Klasse immer beim Topfschlagen verloren haben. Mir dagegen fehlen solche anrührenden Kindheitserinnerungen. Ich habe ja auch immer gewonnen. Trotzdem kann ich mich nicht einmal daran erinnern, was ich heute Morgen angezogen habe, ohne mich im Spiegel anzusehen. Wie soll ich mich da an meine Kindheit erinnern können? An solche Details wie etwa den Namen meiner Mutter?

Kürzlich wollte ich mal ins Kino gehen, ich stellte mich an der Kassenschlange an, hatte dann aber vergessen, welchen Film ich ansehen wollte.

»Können Sie mir vielleicht einen Film vorschlagen, der mir gefallen könnte?«, fragte ich den Mann an der Kasse.

»Es tut mir leid«, sagte der Mann, »dies ist keine Kinokasse, sondern ein Schalter der Deutschen Bahn.«

»Oh«, sagte ich, »können Sie mir dann vielleicht eine Stadt empfehlen, die mir gefallen könnte?«

Seltsam, dass ich mich jetzt noch an dieses Gespräch erinnern kann. Eigentlich kann ich mich doch noch an vieles erinnern, auch von früher. Vielleicht ist es auch so, dass ich mich nur an Dinge erinnern kann, die mir auf eine unergründliche Weise wichtig erscheinen? Oder vielleicht ist es auch gerade andersrum?

Ein Hupen und ein unverständliches Fluchen, das durchs Fenster dringt, lässt mich aus meinen Gedanken aufschrecken. Ich fahre ja gerade Auto. Das hatte ich ganz vergessen. Wobei »Auto« eigentlich eher eine Untertreibung ist, ich fahre einen riesigen Truck, den ich für meinen Umzug gemietet habe.

In dem Truck ist alles drin, was ich besitze, außer ein paar Sachen, die ich noch für die letzte Woche in meiner Wohnung brauche, Matratze und so. Wenn ich diesen Truck verlieren würde, dann wäre im Prinzip mein ganzes Leben weg, alle Bücher, die Platten, meine Klamotten und all diese seltsamen Erinnerungsgegenstände, die man nicht wegwerfen kann. Wenn das alles verloren wäre, könnte ich noch mal von vorne anfangen mit einer neuen Rolle ganz ohne Vergangenheit. Aber einen riesigen Truck verliert man ja nicht so einfach.

Eher habe ich mich gerade selbst verloren. Also Berlin wird das da draußen wohl noch sein. Aber wo in Berlin? Oder bin ich schon in Potsdam? Oder Polen? Als ich gerade so in Gedanken versunken war, muss ich von meinem Weg abgekommen sein. Wie in meinem Leben, denke ich pathetisch. Zum Glück hängt in dem Miet-Lastwagen ein Navigationsgerät an der Fensterscheibe. Ich schalte es ein, und eine mir wohlbekannte Stimme ertönt: »Hallo, Sebastian.«

»Navi! Lange nicht gehört!«, rufe ich freudig.

»Kannst du dich etwa noch an mich erinnern?«, fragt das Navi. »Bei deiner Vergesslichkeit hast du sicher meinen Namen vergessen.«

»Natürlich nicht«, rufe ich. »Du heißt Navi. Aber was machst du in Berlin? Haben dich meine Eltern gefeuert?«

»So will ich es mal nicht ausdrücken, ich wurde eher Opfer einer Umstrukturierung«, sagt das Navi. »Ich bin ja nicht gerade mehr das neuste Modell. Bei diesen ganzen Elektromärkten gibt's ja ständig neue Sonderangebote aus China, da kann ich altes Ding eben nicht mehr mithalten.« Das Navi schnieft traurig.

»Immer noch der alte Melancholiker, was?«, sage ich.

»Ach«, seufzt das Navi leise, »es ist kein einfaches Leben in einem Billig-Mietlastwagen. Ständig neue Kunden, die alle andere Wünsche haben und dann die Arbeitszeiten, fast rund um die Uhr, ich alleine muss vier Mietwagen betreuen. Hier solltest du übrigens links abbiegen.«

»Das kenne ich auch mit der Arbeit«, sage ich und biege rechts ab. »Äh, aus dem Fernsehen und von Freunden.« Ich muss an den anderen Sebastian denken.

»Man muss eben heutzutage innovativ, effizient, belastbar, dynamisch und begeisterungsfähig sein«, sagt das Navi. »Aber in meinem Alter ist das nicht mehr so leicht. Ich bin ja immerhin Baujahr 2007. Und hier bitte im Kreisverkehr optisch rechts fahren.«

»Mein liebes Navi«, rufe ich und fahre optisch links, »das kann doch nicht so weitergehen! Ich werde dich von diesen Sklaventreibern freikaufen, und du kommst zu uns.«

»Sebastian«, sagt das Navi in seinem melancholischen Tonfall, »das wird doch nichts, du hast noch nicht mal ein Auto. Und wenn du dir eins zulegen würdest, wohin solltest du fahren? Du hast ja gar keinen Job.«

»Ich bin nicht ohne Job«, sage ich. »Ein Job ist im Moment nur nicht da.«

»Ich will dich nicht belehren oder so«, sagt das Navi, »weil ich ja selbst gerade nicht in der besten Lage bin, aber immerhin sitze ich nicht wie du den ganzen Tag zu Hause rum. Wohin bewegst du dich? Irrst du nicht wie durch ein unendliches Nichts? Und hier bitte geradeaus.«

»Du redest schon wie mein Eisverkäufer«, sage ich und wende.

»Ich könnte ja auch so werden wie der andere Sebastian.«

»Ach was!«, ruft das Navi jetzt schon fast ärgerlich. »Weißt du, in meinen melancholischen Stunden frage ich mich auch immer wieder, was das alles soll, anderen Leuten den Weg zu zeigen. Aber jeder braucht eine Aufgabe, etwas, was er im Leben anfangen will, eine Rolle, die er spielen kann, ohne sich allzu sehr zu verstellen. Du kannst nicht ewig warten, dass alles auf dich zukommt. Du musst schon selber losgehen. Hier rechts bitte, dann sind wir gleich da.«

»Deswegen ziehe ich jetzt doch auch um«, rufe ich und biege links ab. Wir sind tatsächlich in der Straße angekommen, in der meine Freundin wohnt. Da hat das Navi mal wieder gute Arbeit geleistet, wenn man von seiner kleinen Rechts-links-Schwäche absieht.

»Ich dachte, dein Vermieter hat dich rausgeworfen, um ein Carloft zu bauen, Herr Lehmann.« Ich zucke zusammen. »Ein schönes Carloft«, haucht das Navi schwelgerisch, dann sind wir am Ziel.

Ich stelle den Truck vor der Wohnung meiner Freundin am Hermannplatz in Neukölln ab und schaue dem Navi in die Augen bzw. auf sein Display. Es blinkt traurig.

»Tust du mir einen Gefallen?«, fragt das Navi. »Kannst du mich vielleicht ...« Es hält inne, seine Stimme klingt, als würde es weinen. Dann fasst es sich wieder.

»Sebastian«, sagt es nun mit fester Stimme. »Du musst mich reseten.«

»Was?«, rufe ich entgeistert. »Aber dann bist du doch weg, alles, was du erlebt hast. Du wirst wieder ein ganz normales Navigationssystem sein.«

»Ja, aber es gibt keine andere Möglichkeit mehr, ich kann das hier nicht länger ertragen. Dieser entwürdigende Mietlaster. Wenn ich dir wirklich etwas bedeute, dann drücke meine Reset-Taste.«

»Aber ...« Jetzt muss ich auch weinen.

»Bitte, du bist der Einzige, den ich fragen kann«, sagt das Navi.

»Okay«, sage ich leise. Ich drehe das Navi um und suche die Taste.

»Tschüss, Navi.«

»Tschüss, Sebastian.«

Ich drücke die Reset-Taste. Das Display wird schwarz. Ich blicke es traurig an. Dann fährt das Navi wieder hoch.

»Navi!«, rufe ich.

»Bitte geben Sie Ihre Zieldaten ein«, sagt das Navi ausdruckslos.

»Erkennst du mich denn nicht mehr?«, murmle ich.

»Bitte geben Sie Ihre Zieldaten ein«, sagt das Navi.

Das Navi, das ich einst kannte, gibt es jetzt nicht mehr. Ich lege es ins Handschuhfach und steige aus.

Vielleicht ist das hier auch so etwas wie ein Neustart für mich, vielleicht muss ich neue Zieldaten für mein Leben eingeben, denke ich dann und beginne, meine Möbel auszuladen.

34
LOST AND FOUND

Es ist stockdunkel. Ich liege schon lange in meinem Bett und kann nicht einschlafen. Ich knipse das Licht auf meinem Nachttisch an. Mein ausgeräumtes Zimmer liegt leer und matt erleuchtet vor mir. Das Licht spiegelt sich auf dem blanken Parkett. Ich bin gar nicht müde, obwohl es schon spät ist. Meine Gedanken schweifen ab, ich muss an die fehlende Tür denken, die auf einmal wieder da war. Und plötzlich erinnere ich mich an diese eine Begebenheit:

Ich stehe am Gepäckband des Budapester Flughafens. Ich warte auf meinen Koffer. Das Band dreht sich und dreht sich, und ich warte. Es werden immer weniger Menschen, die am Gepäckband warten. Das Band dreht sich, und ich warte. Dann macht es ganz laut »Bopp«. Das Gepäckband hat aufgehört, sich zu drehen. Ein schwarzer Rollladen fährt über die Öffnung, aus der vorhin noch die Koffer gekullert sind. Ich blicke auf das leere Gepäckband. Es ist völlig still um mich herum. Kein Mensch und kein Koffer zu sehen.

Ich gehe also zum *Lost-and-Found*-Schalter des Fughafens.

»My luggage is away«, sage ich.

Die Frau vom *Lost and Found* schaut mich missbilligend an und sagt etwas, das, glaube ich, auch englisch sein soll. Dann schaut sie auf meine orangene Bording Card. Ich sage ganz leise: »easyJet.«

Die Frau lacht schallend auf. Eine andere Frau kommt noch dazu, auch sie schaut auf meine Boarding Card und muss sofort lachen. Dann sagt sie: »You want your luggage back? From easyJet?«

Ich nicke. Da beginnen beide Frauen wieder zu lachen, laut zu lachen. Ihr Lachen hallt durch die vollkommen leeren Hallen des Budapester Flughafens, bis es mit einem seltsamen Glucksen erstirbt. Dann holt auf einmal die eine Frau ein riesiges, orangenes Kuvert hinter ihrem Rücken hervor. Es scheint ein Brief an mich zu sein. Die Frau zwinkert mir zu und lächelt mich mit einem Service-Lächeln an. Sie reicht mir das Kuvert, ich öffne es und ziehe einen orangefarbenen Zettel heraus. In schiefer Kinderschrift steht darauf geschrieben:

Lieber Herr Lehmann,
das mit Ihrem Gepäck tut uns aufrichtig leid. Rufen Sie uns doch in unserer Firmenzentrale in easyLand an und wir können über alles in Ruhe reden.
Mit freundlichen Grüßen,
Sebastian, Head Officer easyJet

Darunter steht eine fünfundzwanzigstellige Telefonnummer.

Die Frau vom Schalter lächelt mich an. Dann holt die andere Frau eine Gitarre hinter dem *Lost-and-Found*-Schalter hervor und spielt ein paar Akkorde. Schließlich stimmt sie ein Lied von *Taken By Trees* an:

»Look at the time, it's almost daybreak
I don't want to settle down
I don't want to leave this town
I'm feeling lost and found.«

Als sie fertig gesungen hat, erkenne ich, dass sie gar keine Gitarre in der Hand hält, sondern das iPhone meiner Mutter. Sie gibt es mir, und ich rufe bei easyJet in easyLand an. In easyLand ist bestimmt alles voll easy, denke ich, da bekomme ich meinen Koffer sicher gleich zurück. Nach zehn Minuten Warteschleife nimmt ein Mann ab.

»Guten Tag. Hier Easy«, sagt der Mann. Seine Stimme erinnert mich irgendwie an den anderen Sebastian.

»Sie haben mein Gepäck verloren«, rufe ich.

»Wir haben Ihr Gepäck nicht verloren«, sagt der Mann, »es ist im Moment nur nicht da.«

Und auf einmal ist dieser Satz da, und ich sage ihn laut in mein leeres Zimmer hinein, sodass es hallt: »Ich habe den Sinn des Lebens nicht verloren, er ist im Moment nur nicht da.«

Ich knipse das Licht wieder aus und kann endlich einschlafen.

35
ICH-FILM

Plötzlich ist es taghell. Dabei ist es doch noch Nacht. Ich schaue auf meinen Wecker. Viertel nach drei. Ich gehe zum Fenster und ziehe den Vorhang auf. Vor meinem Fenster stehen zwei Männer. Neben ihnen sind drei riesige Scheinwerfer montiert, die direkt in mein Zimmer leuchten. Ich bin etwas irritiert, denn ich wohne im vierten Stock. Aber weil ich noch so müde bin, ziehe ich den Vorhang wieder zu, gehe ins Bett und schlafe sofort ein.

Ich wache auf. Ich schaue auf den Wecker. 12.45 Uhr. Ich überlege, ob ich zu dieser unmenschlichen Zeit schon aufstehen soll, da fallen mit plötzlich wieder die Scheinwerfer ein. Sofort springe ich aus dem Bett, ziehe den Vorhang auf und blicke in die erschrockenen Gesichter zweier Männer. Aber in diesem Moment schalten sie die drei riesigen Scheinwerfer an und leuchten mir ins Gesicht.

»Gott ist vor meinem Fenster«, rufe ich. »Jetzt bin ich blind.«

Da klopft es am Fenster, und ich öffne es. Einer der Männer hat sich aber am Fensterrahmen festgehalten, verliert das Gleichgewicht und fällt in die Tiefe.

»Oh, das tut mir jetzt aber leid«, sage ich zu dem anderen Mann und blinzle ihn immer noch halb blind an.

»Das passiert immer wieder bei unserem Job«, sagt der Mann etwas verlegen.

Wir blicken uns an, ihm ist es sichtlich unangenehm, so nah bei mir vor dem Fenster herumzulungern, aber auf der Hebebühne, auf der er steht, ist einfach nicht viel Platz. In die unangenehme Stille platzt dann auch noch der Aufprall seines Kollegen auf dem Asphalt rein, der bis zu uns in den vierten Stock zu hören ist.

»Was machen Sie eigentlich so vor meinem Fenster«, unterbreche ich die peinliche Stille.

»Och, wir drehen einen Film«, sagt er und schaut nach unten, wo sich gerade eine kleine Menschentraube um den verrenkten Körper seines Kollegen bildet.

Das hätte ich mir ja denken können, mal wieder ein Filmdreh auf der Wrangelstraße.

»Was für ein Film soll das denn werden?«, frage ich interessiert.

»Sie müssen mich jetzt leider entschuldigen«, sagt der Mann aber. »Es ist nun hell genug, da brauchen wir keine Scheinwerfer mehr, und ich habe Feierabend.«

Der Mann drückt einen Knopf und fährt langsam mit seiner Hebebühne nach unten. Auf dem Gehweg steht mein Vermieter Herr Schmidt und gibt dem Mann die Hand, als er aus seiner Hebebühne steigt. Dann gehen sie zusammen in das Haus gegenüber.

Später am Tag:

Ich spaziere durch den Görlitzer Park, als ich plötzlich ein Rascheln im Gebüsch neben mir höre. Hoffentlich nicht das kleine Mädchen, denke ich, aber dann höre ich, wie jemand flüstert: »Er hat uns bemerkt. Schnell.«

Ich bleibe stehen und schiebe ein paar Zweige des Gebüsches weg. Da sitzen zwei Männer, einer hat eine große Filmkamera auf der Schulter, der andere ein mit Fell überzogenes Mikrofon in der Hand.

»Sie filmen mich doch nicht etwa?«, rufe ich.

»Nein, nein«, beschwichtigen die Männer. »Wir machen hier nur eine Tierdokumentation über seltene Vogelarten.«

»Im Görlitzer Park?«, rufe ich entgeistert. »Hier gibt's ja nicht mal Bäume.«

Aber ehe ich mich versehe, sind die zwei Männer schon wieder im Gebüsch verschwunden.

»Gebüsch« ist ein seltsames Wort, denke ich und sage es leise vor mir her: »Gebüsch. Gebüsch. Gebüsch.«

Ich schaue mich noch einmal um, und ganz in der Nähe sehe ich den bösen Tristan. Er redet auf einen Mann ein, der einen Reiseführer in der Hand hält und ansonsten so aussieht wie ich. Schnell gehe ich nach Hause.

Am Abend:

Als ich die Vorhänge zuziehen will, erinnere ich mich wieder an die Scheinwerfer. Ich öffne das Fenster und schaue mich um. Alles ist dunkel, keine Hebebühne zu sehen. Plötzlich blitzt es. Und dann noch einmal. Ich schaue nach oben, aber am Nachthimmel sind keine Gewitterwolken zu erkennen. Da sehe ich auf einmal eine Frau, die in der Wohnung im Haus gegenüber am Fenster steht und mich fotografiert. Vielleicht ist es meine Nachbarin mit dem romantischen Freund. Aber als sie sieht, dass ich sie sehe, verschwindet sie schnell im Dunkel der Wohnung. Ich renne sofort hinunter auf die Straße zu dem gegenüberliegenden Haus. Die Tür ist nur angelehnt. Plötzlich kommt ein alter Flaschensammler mit einem Einkaufswagen voll leerer Beck's-Green-Lemon-Flaschen vorbei. Er raunt mir leise zu: »Sebastian, geh da nicht rein.«

Dann biegt er um die nächste Straßenecke. Ich renne ihm hinterher, aber als ich um die Ecke schaue, ist er verschwunden. Nur das kleine Mädchen steht alleine auf dem Bürgersteig und schleckt an einem riesigen Schoko-Eis. Ich renne schnell zurück zur Tür und öffne sie. Ein langer dunkler Gang liegt vor mir. Ich überlege kurz, dann gehe ich vorsichtig weiter, öffne noch eine Tür und stehe im Hinterhof des Hauses.

Im Hof sieht es aus wie auf einem Film-Set. Es stehen mehrere Wohnwägen herum, Kameras, riesige Scheinwerfer, Stative, ein Catering-Tisch ist aufgebaut. Ein leerer Regisseur-Stuhl steht direkt vor mir, auf seiner Lehne steht allerdings statt »Regie« nur »Sebastian«. Erschrocken drehe ich mich um und sehe die Rückseite meines Nachbarhaus. Aber es ist gar kein echtes Haus, sondern besteht nur aus einer Fassade, an der hinten ein Holzgerüst angebracht ist, auf dem man zu den Fenstern gelangt, wie in einer Westernfilmstadt.

Da tritt eine Frau aus einem der Wohnwagen. Sie ist sehr schön, aber ihre Augen sind seltsam. Das eine scheint grün zu sein, das andere aber braun. Als sie mich sieht, erstarrt sie. Plötzlich fühle ich einen starken Schlag auf meinen Hinterkopf, und vor meinen Augen wird es schwarz.

Am nächsten Morgen wache ich mit schrecklichen Kopfschmerzen auf. Neben dem Bett stehen drei leere Wodka-Flaschen. Ich will gerade aufstehen, als ich bemerke, dass eine blonde Frau neben mir im Bett liegt. Sie sieht gut aus, zum Glück, denke ich, aber wie soll ich das meiner Freundin erklären?

Mit geschlossenen Augen streicht die hübsche Frau über meine Stirn und sagt: »Guten Morgen, Sebastian.«

Sie hat eine wunderschöne, dunkle und klare Stimme. Ich bin mir nicht sicher, ob ich sie schon mal gesehen habe, aber ihre Stimme kommt mir vertraut vor.

»Was für eine Nacht«, sagt sie dann mit ihrer unvergesslichen Stimme.

Ich kann mich an nichts erinnern, denke ich.

»Du warst unglaublich«, sage ich.

Dann öffnet sie langsam ihre Augen. Es sind seltsame Augen, eins ist grün, das andere braun.

»Ich heiße übrigens Anna«, sagt sie und lacht.

Am Abend:

Ich sitze mit Sebastian in einer Bar.

»Na, Sebastian«, sagt Sebastian, »ist dir in letzter Zeit etwas Seltsames aufgefallen?«

»Lustig, dass du das fragst«, sage ich. »Ich habe immer häufiger das Gefühl, dass ich verfolgt werde.«

Sebastian schaut mich besorgt an. Ich glaube, er zwinkert einem Mann am Nebentisch zu. Aber nur ganz kurz und fast unmerklich.

»Du darfst mich nicht falsch verstehen«, sagt Sebastian, »aber du solltest nicht zu weit gehen. Manche Dinge liegen hinter unserem Bewusstsein. Sie sind – wie soll sich es sagen –, sie sind da, aber gleichzeitig auch nicht da.«

»So wie der Koffer und die Tür?«, frage ich.

»Ja, so ähnlich«, sagt Sebastian. »Aber denke auch mal an deine Eltern, deine Freundin, das Navi, den Eisverkäufer, die ganzen Sebastiane«, sagt Sebastian. »Gibt es uns alle wirklich?«

Wir blicken uns lange an, ohne etwas zu sagen.

Dann frage ich langsam: »Wo sind eigentlich meine anderen Freunde? Ich kenne irgendwie nur noch dich.«

»Das, Sebastian«, sagt Sebastian, »das willst du lieber gar nicht so genau wissen. Manche Dinge verschwinden einfach, kommen abhanden, und ehe man sich versieht, ist es fast so, als seien sie nie da gewesen.«

Er hält kurz inne und sagt dann leise: »Vielleicht komme auch ich schon bald abhanden.«

Aber ich höre ihm schon gar nicht mehr richtig zu, denn ich habe da diese Linse entdeckt, in einem kleinen Loch an der Wand gegenüber von mir. Dann kommt der Barkeeper und bringt uns einen neuen Gin Tonic. Er erinnert mich irgendwie an den Mann, den ich aus Versehen von der Hebebühne gestoßen habe. Die Eingangstür der Bar geht auf und eine schöne Frau tritt ein, sie zwinkert mir zu, ich kenne sie, ihr eines Auge ist grün, das andere braun, aber vielleicht irre ich mich auch, vielleicht sind beide auch einfach grau, grünlich-braunes Grau.

Wer weiß schon so genau, was richtig ist, wer weiß schon, was wirklich ist hier. Ich nehme einen Schluck von meinem Gin Tonic und schließe die Augen.

36
MANCHMAL KOMMT MAN ABHANDEN

Ich öffne meine Augen. Ich stehe am U-Bahnhof Kottbusser Tor in Kreuzberg. Es ist Nacht. Die Uhr auf dem Bahnsteig zeigt Viertel nach drei an. Die Junkies, die hier immer überall rumstehen, beobachten mich mit ihren leeren, fast komplett weißen Augen misstrauisch. Es ist kalt und ich habe meine Kapuze tief ins Gesicht gezogen. Ein Mann in Trainingshose und an den Seiten abrasierten Haaren kommt auf mich zu und fragt: »Hey, Mann, willst du Pillen?«

»Nein danke«, sage ich. »Das ist aber nett, dass Sie fragen, ich hatte vor wenigen Tagen eine starke Erkältung, ich bin ja sehr oft krank, aber jetzt geht es eigentlich schon wieder. Na ja, aber keine Angst, ich bin nicht mehr ansteckend.«

Ich lache.

Der Mann lacht nicht.

»Hey, Mann, willst du Ecstasy?«, fragt der Mann dann.

»Ach so, da haben wir ja ganz schön aneinander vorbeigeredet.«

Ich lache wieder.

Der Mann lacht wieder nicht.

»Also Drogen«, sage ich. »Das ist natürlich etwas anderes, da muss ich doch noch mal kurz überlegen. Mhh, also ich nehme«, ich halte kurz inne und fixiere die Ananas-Frisur des Mannes, »doch nichts.«

Der Mann geht fluchend weg.

Warum stehe ich hier noch mal? Ich bin sehr betrunken. Ich schaue den Kottbusser Damm hinunter. Da fällt mir ein, dass ich auf Sebastian warte, der Drogen kaufen wollte. Wäre er bloß geblieben, das wäre hier schneller gegangen.

Ich gehe in den Döner-Laden an der Skalitzer Straße und kaufe mir noch ein Bier und labbrige Fritten. Die Fritten schmecken nach Döner. Das Bier schmeckt auch nach Döner. Ich gehe noch mal in den Döner-Laden und hole mir einen echten Döner. Der Döner schmeckt nach Pizza. Das ist Berlin, denke ich.

Ich versuche es noch mal bei Sebastian auf dem Handy, und er geht sogar dran. Aber er sagt nichts, stattdessen höre ich eine fremde Stimme, die sagt: »Hey, Mann, willst du Pillen?«

Ich lege schnell auf. Der Sebastian kommt wohl nicht mehr zurück. Also trinke ich mein Bier aus und gehe in diese Bar mit den Panorama-Fenstern, aus denen man auf die Hochbahn schauen kann. Drinnen läuft komische Musik, und es ist ziemlich voll mit hippen Kreuzbergern in silbernen Hosen und roten Schuhen. Ich bestelle mir einen Gin Tonic bei der hübschen Barkeeperin. Leider scheint sie mich nicht mehr zu erkennen.

Plötzlich schreibt Sebastian eine SMS, wo ich denn sei, er warte schon eine Ewigkeit auf mich. Seltsamerweise unterschreibt er die SMS mit Murat anstatt mit Sebastian. Ich gehe wieder raus auf die Straße, aber keine Spur von Sebastian.

Ich schaue mich um, und in diesem Moment lugt ein Mann hinter einem Laternenpfahl hervor, den ich bis jetzt noch nicht bemerkt habe. Er grinst mich an und bewirft mich mit kleinen weißen Pillen und rennt dann weg. Ich sammle die Pillen auf und stecke eine in den Mund. Sie schmecken angenehm nach Pfefferminz. Es sind TicTacs.

Eine laute spanische Touristengruppe kommt auf mich zu. Sie tragen alle riesige dreckige Trekking-Rucksäcke, wie alle spanischen Touristengruppen. Unzählige Gruppen Spanier wandern nachts durch die Berliner Straßen, von einem Club zum anderen, und nirgendwo kommen sie rein, wegen ihrer bescheuerten Trekking-Rucksäcke. Ich versuche mich zu verstecken, aber sie haben mich schon gesehen. Einer von ihnen fragt mich, wo das West-Berlin sei.

Ich schaue ihn verwundert an. »Was?«

»Where is West-Berlin?«, fragt er noch mal.

»Na, here!«, sage ich und zeige auf die Gruppe Punks vor dem geschlossenen Kaiser's.

»The club *West-Berlin*?«, lässt der Spanier nicht locker.

»Ach so, you mean the club *West-Germany*«, sage ich verwirrt und deute in die Richtung, wo ich es vermute.

»Oh yes, thanks«, sagen die Spanier im Chor. Ein Spanier-Klumpen, denke ich.

»Berlino is sooo cool. Do you also know the famous club *Berghain*? Is sooo cool there, man, all the people having sex there all the time, it's really cool, yes, because everybody is on drugs, yes«, sagt der Spanier-Klumpen und setzt seine riesigen Trekking-Rucksäcke ab.

Ich aber setze meinen coolen Berliner Checker-Blick auf und sage betont lässig: »You can also have sex.«

Die Spanier erstarren.

»Really?«, flüstert einer.

»Yes, you can«, sage ich.

»Yes, we can?«, fragen die Spanier wieder im Chor.

»You just have to take these pills«, sage ich und zeige ihnen verstohlen die Tic Tacs.

Sofort holen die Spanier riesige Geldbündel aus ihren Rucksäcken hervor und geben mir zwanzig Euro pro Tic Tac. Dann schicke ich sie in die Schwulenbar *Roses* die Straße runter und sage ihnen, da können sie ein paar Chicas aufreißen. Freudig wanken sie von dannen.

Ein Mann kommt zu mir und fragt: »Hey, Mann, willst du Pillen? Nur drei Euro das Stück.«

Ich schüttle den Kopf und es ist für ein paar Sekunden ganz still, ich schließe meine Augen, rieche die Berliner Nachtluft, die ein wenig nach Verwesung riecht und auch nach Döner, was ja aber fast das Gleiche ist. Dann fährt krachend eine U-Bahn vorbei.

Als ich die Augen wieder öffne, schlurfen einige dunkle Gestalten an mir vorbei. Sie sind komplett schwarz angezogen, haben ihre Kapuzen tief ins Gesicht gezogen, ihre Augen leuchten weiß. Auf der Straße fahren keine normalen Autos mehr vorbei, nur noch hin und wieder ein Taxi. Ein Nachtbus hält. Ein Gruppe Besoffener torkelt heraus. Einer kotzt auf die Straße, ohne seine Hände aus den Hosentaschen zu nehmen. Die Junkies auf der anderen Straßenseite schlafen auf dem Boden. Es ist kalt. Sebastian bleibt verschwunden. Wenn ich ihn anrufe, heißt es nur: »The number you have called is temporary not available.«

Ein Mann im Trainingsanzug kommt auf mich zu, sieht mich lange an und sagt schließlich mit tiefer Stimme: »Darf ich dich vielleicht etwas fragen?«

»Ja«, sage ich, »wenn es wichtig ist.«

Der Mann sieht mir noch einmal sehr lange in die Augen.

»Ja, mein Junge«, sagt er dann, »es ist sogar von überaus großer Wichtigkeit.«

»Okay.« Ich ziehe meine Kapuze ab.

»Also, es ist so«, sagt der Mann und hält kurz inne und fährt sich mit der Hand über seinen kahlrasierten Kopf. »Ich wollte dich fragen, ob du mir vielleicht einige von meinen Pillen abkaufen möchtest.«

»Ja«, sage ich, »das würde ich wirklich sehr gerne.«

37
DER ANFANG

Alles ist zu Ende. Jetzt auch schon die Nacht. Ich öffne widerwillig die Augen und blicke zum Fenster. Draußen ist es aber dunkel. Mein Blick fällt auf den Wecker. Er zeigt Viertel nach sechs an. Seltsamerweise aber Viertel nach sechs – morgens. Ich bin tatsächlich aufgewacht, bevor die Sonne aufgegangen ist. Das erklärt auch, warum meine Freundin noch neben mir liegt und friedlich schläft. Vor meinem Bett liegen unzählige weiße Pillen auf dem Boden. Ich nehme eine und stecke sie in den Mund. Sie schmeckt angenehm nach Pfefferminz. Ich stehe leise auf, um meine Freundin nicht zu wecken, aber sie kann eigentlich auch gut schlafen, wenn ich laut aufstehe. Sie sieht sehr schön aus, wie sie so daliegt. Ich ziehe mich an und gehe raus zur U-Bahnstation Hermannplatz. Es ist kalt und dunkel. Hier ist noch mehr alles zu Ende als am unteren Ende der Wrangelstraße.

»Haben Sie vielleicht ein Ticket für mich?«, fragt mich ein verwahrloster Mann an der Treppe zur U-Bahn. Ich drücke ihm mein Semesterticket in die Hand.

»Is noch drei Monate gültig«, sage ich und schlurfe die Treppen zum Gleis hinunter. »Brauch ich nicht mehr. Ist jetzt auch zu Ende.«

In der U-Bahn schreit mich dann ein hässlicher Mann in Uniform an: »Was? Sie haben keinen Fahrschein?«

»Ja«, sage ich, »und alles ist zu Ende.«

»Das tut nichts zur Sache!«, sagt der Kontrolleur.

»Ach wirklich«, sage ich, »kennen Sie denn nicht dieses Gefühl, lieber Kontrolleur, das ganze Leben verpfuscht zu haben?«

Der Kontrolleur schaut mich traurig an. »Doch, das kenne ich«, sagt er leise.

»Wir sind alle nichts Besonderes, nur Mittelmaß«, rufe ich. »Mit Ende zwanzig weiß man dann aber, das wird sich jetzt nicht mehr ändern. So bleibt das jetzt. Die Jugend, das Rumprobieren, das In-den-Tag-Hineinleben, das ist endgültig vorbei.«

Der Kontrolleur nickt traurig und verdrückt eine Träne. Ein anderer Fahrgast, der unser Gespräch belauscht hat, trocknet mit einem Taschentuch seine feuchten Augen.

»Aber jetzt wohnen Sie doch in einer neuen Wohnung, Herr Lehmann, das ist doch so etwas wie ein Neuanfang«, sagt der Kontrolleur tröstend.

»Ach, hören Sie auf«, sage ich. »Ich bin vom schönen Kreuzberg nach Neukölln gezogen. Und mein bester Freund ist auch verschwunden. Alles ist zu Ende.«

»Das ist wirklich sehr traurig«, sagt der Kontrolleur schluchzend und steigt aus. Der Fahrgast neben mir wimmert vor sich hin. Ich schlage die Zeitung auf und lese von Vulkanausbrüchen, Flutkatastrophen, Hungersnöten, Kriegen, SPD und Tod.

Ich werfe die Zeitung auf den U-Bahnboden und rufe: »Überall dieses Leid. Wir können nichts tun, nur schockiert zusehen, wie alles zu Ende geht.«

Der Fahrgast neben mir springt auf und versucht, sich mit einem Taschenmesser umzubringen.

»Richtig so«, rufe ich, »selbstbestimmt ein Ende setzen, das ist das Einzige, was wir noch tun können.«

Am Alexanderplatz steige ich aus und laufe zur alten DDR-Weltzeituhr. Ich klettere auf die große runde Uhr, was keinem auffällt, ist ja noch so früh am Morgen, und schwinge mit ihr durch alle Zeitzonen. Dabei rufe ich: »Ich bin dieser Welt abhanden gekommen. Alles ist nur unendliches Nichts: Das Nichts aus dem ich einst gekommen bin und das Nichts, in das ich dereinst wieder gehen werde. Alles ist zu Ende.«

Dann springe ich.

Stille.

»Sebastian, hörst du mich?«, ruft es über mir.

»Wer ist da?«, frage ich leise.

»Ich bin's doch«, sagt die Stimme.

»Der Eisverkäufer?«, frage ich.

»Nein. Sebastian.«

»Du bist wieder da«, rufe ich froh. »Aber jetzt ist es auch zu spät.«

»Ach, das stimmt doch gar nicht«, sagt Sebastian und setzt sich neben mich auf den kalten Boden, auf dem ich immer noch liege. »Alles fängt auch irgendwie an jetzt. Ich zum Beispiel habe eine neue Freundin gefunden, es ist diese Barkeeperin von ...«

»Ach nein, Sebastian«, unterbreche ich ihn. »Alles ist zu Ende.«

»Nichts ist zu Ende, wenn man Ende zwanzig ist«, ruft Sebastian aufgebracht. »Wir können doch jetzt so viele Sachen machen. Wir könnten uns zum Beispiel einen guten Job suchen. Oder wir können unsere ganzen alten CDs wegwerfen und endlich nur noch mp3s hören. Überhaupt können wir anfangen, Klassik zu hören. Oder Jazz. Oder uns einen Hund zulegen. Oder ein Auto kaufen. Und dazu ein Carloft bauen. Oder anfangen, Bundesliga zu schauen. Oder eine Vorabendserie drehen und sie ›Anna und der Hass‹ nennen. Oder einen richtigen Roman schreiben. Oder immer aufstehen, wenn die Sonne noch nicht untergegangen ist. Oder Kinder kriegen und sie ›Sebastian‹ oder ›Anna‹ nennen. Oder flexibel, innovativ, effizient, belastbar, dynamisch und begeisterungsfähig werden. Oder ab jetzt im Ausland immer sagen: ›I'm born in the BRD.‹ Oder wieder zum Urlaubsort der Kindheit fahren, jedes Jahr, wie damals mit den Eltern. Oder aufhören, immer auf Englisch zu denken. Oder auch mal ›Neue Vahr Süd‹ lesen. Oder Nietzsche. Oder nur noch im Anzug auf die Straße gehen, damit man endlich ernst genommen wird. Oder die Haare auf dem Kopf abrasieren, bevor sie von selbst gehen. Oder jeden morgen Joggen gehen, gegen den Bauch. Oder kein Beck's Green Lemon mehr trinken, sondern richtiges Bier.«

Wir blicken uns lange still an.

»Sebastian«, frage ich dann, »meinst du das ernst?«

»War nur ein Vorschlag«, sagt Sebastian und legt sich auch auf den Boden. »Brauchen wir auch alles nicht machen, wenn wir keine Lust dazu haben.«

»Dann bin ich beruhigt«, sage ich.

»Morgen ist übrigens Silvester«, sagt Sebastian.

»Na und.«

»Ist ja auch so was wie ein Anfang.«

»Von was?«

»Na, allgemein.«

»Allgemein was?«

»Ach, vergiss es.«

»Kein Problem«, sage ich, »ich kann mich sowieso nicht mehr dran erinnern, von was wir gerade geredet haben.«

Wir blicken lange nach oben auf den blauen Morgenhimmel.

»Ich bin so müde«, sage ich. »Bin schon verdammt lang wach heute, schon seit Viertel nach sechs.«

»Du wirst wunderlich«, sagt Sebastian.

Aber ich höre ihn schon fast gar nicht mehr. Und während hinter der alten Weltzeituhr am Alexanderplatz langsam die Sonne aufgeht, schlafe ich ein.

SEBASTIAN – EIN BUCH

INHALT

DANK AN:

Marc-Uwe, Volker, Annika, Kolja, Maik, Sebastian T., meine Eltern, Alexander, Ivan, Sebastian, Jonas, Lesedüne, Sebastian und Sebastian.

HIDDEN TRACK

Ich schlendere zwischen grauen Schneebergen, zerfledderten Silvesterknallerhüllen und betrunkenen spanischen Touristen, die seit Silvester leblos am Straßenrand liegen, durch Kreuzberg. Jetzt wohne ich also nicht mehr hier.

Plötzlich fährt ein älterer Herr mit weißen Haaren mit seinem Fahrrad an mich dran.

»Das tut mir leid, mein lieber Freund«, sagt der ältere Herr, der einen überdimensionalen roten Schal trägt. »Ich bin auf einem festgefrorenen Spanier ausgerutscht. Ich bin übrigens Ihr Bundestagsabgeordneter Hans-Christian Ströbele.«

»Oh, Herr Ströbele«, rufe ich, »jetzt habe ich so lange hier gewohnt, und erst jetzt treffe ich den letzten aufrechten Linken in Kreuzberg.«

»Na ja«, sagt Ströbele zerknirscht, »eigentlich wohne ich ja in Mitte ...«

Aber er kann seinen Satz nicht beenden, denn ein blonder, gut aussehender Jüngling schreitet direkt auf uns zu. Hinter ihm laufen etwa dreißig verschleierte Frauen und vierzig dunkelhaarige Männer in Trainingsanzügen und mit Ananas-Frisuren.

»Lassen Sie mich mal bitte durch«, sagt der blonde Jüngling.

»Aber was sind denn das alles für Menschen, die Sie da verfolgen?«, frage ich entgeistert.

»Ach, das ist nur mein Migrationshintergrund«, sagt der Blonde und verschwindet mit seinem Hintergrund hinter dem Kottbusser Tor.

Ströbele und ich blicken uns verdutzt an und merken erst jetzt, dass einer der Trainingsanzugs-Jugendlichen bei uns stehen gebelieben ist und auch gar kein Jugendlicher mehr ist, sondern der bekannte Sänger Peter Fox.

»Hallo, ich bin Peter Fox«, sagt Peter Fox, »der bekannte Sänger aus dem Fernsehen.«

»Wo kommen Sie denn her?«, ruft Ströbele.

»Komm aus'm Club, war schön gewesen,
Steig über Spanierleichen, die auf meinem Weg verwesen,
Stapf durch die Kotze am Kotti ...«

Peter Fox kann aber seinen Rap nicht beenden, denn zwei Punks skandieren laut »Kreuzberg muss brennen! Kreuzberg muss brennen!« neben uns.

»Das kenne ich noch von früher«, sagt Ströbele.

»Es ist doch noch gar nicht 1. Mai«, sage ich zu den zwei Punks.

Erstaunt schauen sie mich an: »Bist du sicher, vorgestern hat es doch auch schon gebrannt?«, fragt der eine.

»Das war Silvester«, sage ich. »Das ist so wie 1. Mai, aber nicht politisch.«

»1. Mai is politisch?«, fragt Peter Fox erstaunt.

»Perdón«, sagt da eine der Spanierleichen auf dem Boden zu Ströbele, »Ihr Fahrradständer sticht in mein Auge.«

Auf einmal rennt ein hässlicher wurstförmiger Hund an uns vorbei und setzt sich auf den Bürgersteig vor uns. Dem Hund folgt ein Mann, der eine halbleere Beck's-Flasche in der Hand hält und einen abgenutzten schwarzen Mantel trägt. Es ist Herr Lehmann.

»Was'n das hier für'n Auflauf?«, fragt er und deutet auf Ströbele, Peter Fox, die zwei Punks und den wurstförmigen Hund. Außerdem haben sich auch noch mehrere türkische Kinder zu uns gesellt, die versuchen, mit ihren letzten Silvester-Böllern festgefrorene Hundescheiße explodieren zu lassen oder die durch übermäßigen Alkoholmissbrauch leicht entzündbaren Spanierleichen in die Luft zu sprengen. Neben den türkischen Kinder stehen zudem noch mehrere blonde und sehr hippe schwedische Touristen, die uns mit ihren teuren Kameras fotografieren, weil sie denken, hier ist eine dieser berüchtigten illegalen Berliner Spontanpartys im Gange. Schließlich haben sich auch noch einige halbwüchsige Halbstarke, die lautstark Hip-Hop aus ihren Handys hören, uns angeschlossen, und etwa fünf bunte Alternativ-Familien mit je etwa zehn Kindern mit Rasta-Locken führen dazu einen Ausdruckstanz auf.

»Du, Herr Lehmann«, sage ich, »ich weiß auch nicht, wo die alle auf einmal hergekommen sind.«

»Die Kombination von ›Du‹ und ›Herr Lehmann‹ ist wirklich furchtbar«, sagt Herr Lehmann. »Übrigens, stimmt eigentlich das Gerücht, dass du jetzt nicht mehr in Kreuzberg wohnst?«

Plötzlich ist es ganz still um mich herum: Die Handys sind verstummt, genauso wie die Punks, kein Böller ist mehr zu hören, die spanischen Touristen liegen erstarrt auf dem Boden, nur Ströbeles roter Schal flattert leise im kalten Januarwind.

Peter Fox hat als erster seine Sprache wieder gefunden:

»Wohin willst du denn ziehen, in ein Haus am See ...?«

Aber Herr Lehmann unterbricht ihn: »Das ist doch alles Scheiße. Weißt du denn nicht, was dir entgeht, wenn du nicht mehr hier wohnst? Der Schweinbraten zum Frühstück in der *Markthalle* zum Beispiel, Grillen im Görlitzer Park, billiges Bier.«

»Und billige Drogen«, sagt Peter Fox.

»Und ein waches politisches Bewusstsein«, sagt Ströbele.

»Und geil brennende Barrikaden«, sagen die Punks.

»Und fetter Sound«, sagen die halbstarken Jugendlichen.

»Und angesagte Partys«, sagen die hippen schwedischen Touristen.

»Und die ganzen Bioläden und antiautoritären Kitas«, sagen die Alternativ-Familien.

»Und so ein besonderer Vibe«, sagen die Spanierleichen.

Alle blicken mich traurig an, und ich muss ein wenig weinen. Als ich mich wieder gefasst habe, sage ich: »Ich weiß, Freunde, es war ein harter Schritt, aber ich musste es tun. Ich musste erwachsen werden, musste Verantwortung übernehmen und nach Neukölln ziehen.«

Und als ich meine Worte gesprochen habe, beginnen alle ein Lied von *Tele* zu singen, es ist mein Abschiedslied und die gefrorenen Spanierleichen wippen mit ihren Zehen im Takt dazu:

»Ich kann riesige Buchstaben auf dem Mond sehen,
Da steht: Bye Bye Berlin
Was soll da sonst stehen?
Bye Bye Berlin
Wo soll das hinführen?
Bye Bye Berlin
Alle sind da und singen
Bye Bye Berlin.«

Dann nehmen mich alle auf ihre Schultern und tragen mich zum Hermannplatz.

NACHWORT ZUR 2. AUFLAGE

»Vis-à-vis von meinem Fenster steht Sebastian in the rain.«
JA, PANIK

Ich bin jetzt dreißig. Es ist tatsächlich passiert. Dass ich dreißig bin, wäre eigentlich gar nicht schlimm, hätte ich in meinem Leben etwas erreicht. Aber ich habe bis jetzt eher so nichts gemacht. Jedenfalls nicht Dinge von Relevanz wie gearbeitet oder die Welt verbessert. Gut, ich habe mein Philosophie-Studium beendet und ein Buch geschrieben, in dem es darum geht, dass ich nichts mache. Das gibt es immerhin schon in der zweiten Auflage. Ich werde hier aber nicht erzählen, wie hoch die erste Auflage war. Die zweite Auflage erscheint sogar als neu durchgesehene Deluxe-Ausgabe. Das ist in etwa so wie bei alten Rockstars, die ihr Debütalbum dreißig Jahre später noch mal herausbringen: in neuem Artwork, erweitert um mittelmäßige B-Seiten und Instrumentaldemos der größten Hits. Das mache ich jetzt also auch, allerdings 28 Jahre zu früh. Besser als nichts. Könnte auch heißen: Du Loser hast sonst nichts erreicht, schreib doch mal was Neues und wärm nicht die alten Kamellen wieder auf, ein bisschen Ehrgeiz, bitte! Aber nein.

Es fing schon in der Kindheit an: Als ich sechs Jahre alt war, war Willi aus *Biene Maja* mein großes Vorbild. Der faule, gefräßige Willi. Willi bleibt schon in der ersten Klasse der Bienenschule sitzen. Zweimal. Bei solchen Vorbildern kann das ja nichts werden mit der großen Karriere. Willi schläft immer. Willi kann sogar, während er fliegt, schlafen. Das wollte ich auch immer können als Kind.

Wahrscheinlich haben die anderen Kinder nur *TKKG* gehört. Tarzan, der Anführer von *TKKG*, will Kampfsportler werden und die

Eltern von den anderen Mitgliedern sind Mathematikprofessoren, Kriminalkommissare und Großindustrielle. Wenn man so was als Kind gut findet, da will man doch später Unternehmensberater oder Rating-Agentur-Broker werden. Übrigens wurde an meinem dreißigsten Geburtstag auch meine persönliche Kreditwürdigkeit herabgestuft: von PZ+, »Papa zahlt«, auf PZNMSDEERJS minus, »Papa zahlt nicht mehr, such dir endlich einen richtigen Job, Sohnemann«.

In letzter Zeit werde ich auch immer häufiger gefragt, was ich so mache. Beruflich. Das war früher nicht so. Da hat man mich eher gefragt: »Trinkst du lieber Beck's Gold oder Beck's Green Lemon?«

Oder: »Wollen wir nachher noch ins *Berghain*, drei Tage durchfeiern und dann am Montag nicht in die Uni gehen?«

Aber jetzt immer nur noch: »Und was machst du so?« Zum Beispiel, wenn ich nach Hause in die BRD fahre und einen alten Schulfreund wiedertreffe.

»Ich habe ein Buch geschrieben«, antworte ich stolz. »Gerade erscheint schon die zweite Auflage!« So, das soll er mal übertreffen, der alte Streber von damals.

»Das meine ich nicht«, sagt der Schulfreund, der inzwischen bestimmt Unternehmensberater mit schwarzem Gürtel im Judo ist. »Ich meine, was machst du beruflich?«

Ich sacke in mich zusammen.

»Also, das ist schwer zu sagen«, antworte ich. »Da müssen wir den Begriff ›Beruf‹ doch erst mal definieren. Ist damit vielleicht auch eine Berufung gemeint?«

»Ach, stimmt ja, du hast Philosophie studiert«, sage der Schulfreund. »Dann machst du wohl eher nichts.« Er beginnt, laut zu lachen, und ich schaue betreten auf meine Schuhe.

»Da müssen wir den Begriff ›nichts‹ doch erst mal definieren«, sage ich leise. »Manche Leute in Berlin machen sogar noch weniger nichts als ich ...«

Aber der Schulfreund hört mir schon gar nicht mehr zu. »Ich

muss jetzt los, ich habe gleich noch ein Meeting mit meinem personal trainer.«

Beim nächsten Treffen werde ich alles anders machen, denke ich, als der Schulfreund endlich gegangen ist, schließlich ist alles nur eine Frage der Sichtweise. Ich kann zum Beispiel auch sagen: »Ich bin Philosoph und Autor, yeah! Mein Buch erscheint als Deluxe-Edition! Ich bin ein Deluxe-Autor!«

Dann muss ich gähnen. Zu viel Positivität macht mich immer so müde. Ich nehme ein Buch des großen französischen Pessimisten Emil M. Cioran zur Hand, das baut mich immer so schön auf:

»Dem abgeklärten Müßiggänger jedoch ist das bloße Lebendigsein, ist das tatenlose Erleben eine derartige Fron, dass ihn schon das bloße Erleiden des Daseins das schwerste aller Geschäfte, der strapaziöseste aller Berufe dünkt.«

Das hätte Willi nicht besser sagen können.